KB121697

멈출 수 없는 사람들

글 이용주

멈출 수 없는 사람들

Never Stop　　　　Never Die

양철북

Dedication

2008년 5월 26일
케냐에서 일어난 불의의 교통사고로 먼저 떠난 사랑스러운 친구들
헨리 라판도, 송혜진, 김지수 님께
이 글을 바칩니다.

헨리 라판도

송혜진

김지수

여는 글

2019년 12월 23일, 맑은 날씨의 나이로비 공항은 크리스마스와 연말 휴가를 떠나는 사람들로 붐비고 있었다. 아내와 나는 많은 추억이 깃든 21년 동안의 아프리카 생활을 마무리하고 돌아올 기약도 없이 아프리카를 떠나는 길이다. 오늘은 오랜 시간 아들처럼 함께 걸어온 아프리카 책임자 새미가 공항까지 바래다주었다. 새미는 40대 후반의 케냐인으로 아프리카 공동체 전체를 책임지고 있다. 이제부터는 이들 젊은 세대가 공동체의 앞길을 이끌어 갈 것이다.

1999년 8월 13일, 우리 부부는 열세 살 딸 단비와 함께 낯선 땅 케냐에 도착했고, 고통당하는 사람들과 함께한다는 마음으로, 어쩌면 무모한 삶을 시작했다. 그 길은 많은 어려움과 예상치 못한 도전의 연속이었지만 보람 있는 시간이기도 했다. 감당하기 힘든 여정 속에서 우리는 많은 선한 사람들을 만날 수 있었고, 그들 대부분은 용맹한 전사들이었다. 구호단체와 유엔 요원들, 선교사와 자원봉사자들은 국적과 나이, 성별을 초월해서 한마음으로 어두운 세력과 싸웠다. 그 시간을 통해 함께 연대하는 발걸음은 어떤 어려움도 이겨 낼 수 있다는 것을 배울 수 있었다.

이 책은 내전 중인 남수단에서 기근과 질병으로 죽어 가는 주민들에게 생명수를 공급하는 현장을 기록한 글이다. 당시 긴급구호 현장팀은 준비를 시작한 2002년부터 2006년 완공까지 온갖 험난한 시련을 겪었다. 함께한 이들의 목숨을 건 희생이 없었다면 불가능한 일이었다. 공사가 끝나고 14년이 지난 지금까지도 주민들은 24시간 공급되는 깨끗한 물로 풍족하게 살고 있다.

2008년 5월 23일 아프리카 미래의 지도자를 양성하기 위해 400여 명의 대학생들이 나이로비에 모여 청년지도자운동(SAM, Student Arise Movement)을 시작했다. 한국, 미국, 캐나다, 호주, 인도 등지에서 이들을 지원하기 위해 많은 사람이 모였다. 3일간 이어진 모임은 불같이 뜨거웠고, 아프리카의 변화를

원하는 청년들의 가슴은 활화산처럼 타올랐다. 하지만 이 모임이 끝난 직후 팀앤팀 현장을 찾아가던 청년 세 명이 사고로 우리 곁을 떠났다. 너무도 고통스러운 내 마음을 추스를 수 없어서 지나 일들을 기록하기 시작한 것이 책이 되었다. 초판이 나오고 어느새 10여 년의 시간이 흘러, 이번에 미진했던 내용을 다듬어 개정판을 펴내게 되었다.

1999년 오지에 깨끗한 식수를 공급하기 위해 시작된 팀앤팀은 건강한 국제 NGO로 성장해서 재난 지역, 특히 난민촌에서 놀라운 활동을 하고 있다. 오랫동안 한국 정부의 폭넓은 지원 속에서 유엔 기구와 국제 구호단체들과 연대하고 있다. 청년지도자운동(SAM) 역시 지금까지 케냐, 우간다, 탄자니아에서 1만 명이 넘는 청년들이 참여했고, 이미 사회 전반에서 아프리카 변화의 소중한 주역들로 걸어가고 있다. 팀앤팀과 SAM 아프리카는 이제 현지 지도자들이 주도하는 건강한 자립 공동체로 나날이 성장하고 있다.

우리는 공동체에 대한 아름다운 꿈을 꾸었고, 그 꿈을 이루기 위해 온 마음을 다해 달려왔다.

-우리는 고통받는 지구촌 이웃의 가족으로 부르심을 받았다.

-우리는 정치적 이념, 종교, 인종에 관계없이 조건 없는 사랑을 실천한다.

-우리는 온갖 위험이 따르는 이 사명에 자원하며, 불이익을 당해도 보상을 요구하지 않는다.

-공동체가 우리의 중심이며, 모든 가족 구성원이 소중한 선물임을 알고 서로에게 삶을 헌신한다.

한국과 아프리카에 소중한 공동체가 탄생되어 이 꿈을 향해 달리는 사람들이 나날이 모이기 시작했다. 어쩌면 우리 꿈이 이루어지지 않을 수도 있지만, 목표를 향해 달리는 공동체가 있는 것보다 더 큰 열매는 없을 것이다. 세상 모든 것이 언젠가 사라지지만, 세대를 이어 멈추지 않고 달리는 공동체에는 생명이 있어서 갈수록 강하게 자라날 것이다.

되돌아보니 지나온 세월이 마치 꿈을 꾼 것 같다. 모든 면에서 성숙하지 못한 나와 같이 달려온 친구들에게 미안함과 함께 깊은 고마움을 느낀다. 오랜 시간 마음과 물질을 다해 함께한 수천 명의 팀앤팀 가족들에게도 특별한 사랑을 전한다. 이젠 오랫동안 가슴 깊은 곳에 묻은 채 살아온 헨리, 혜진, 지수를 아쉽지만 보내려 한다. 부디 팀앤팀 공동체가 먼저 간 친구들에게 부끄럽지 않도록 올바른 길로 잘 달려갈 수 있기를 기원한다.

2020년 3월 10일

이용주

CONTENTS

1장

고통받는 아프리카

잊힌 사람들

케냐 북서부 끝에 있는 국경도시 로키초교는 24시간 긴장감으로 가득차 있다. 내전 중인 남수단을 지원하기 위해 40여 개의 국제 NGO(Non-Governmental Organization, 비정치·비영리 조직 기구)들이 모여들어 최전방 보루로 삼고 있기 때문이다. 밤낮없이 질주하는 긴급구호 차량들이 300만 명이나 사망한 남수단 전쟁터의 긴박함을 전하고 있었다. 두 주 전 환식과 나는 동아프리카에서 가장 낙후된 투르카나의 기근과 난민 상황을 조사하기 위해 이곳으로 왔다. 나이로비에 있는 본부를 떠나 이곳으로 오는 길에 투르카나 수도 로드와 주변의 오지 마을과 가장 오래되었다는 카쿠마 난민촌을 둘러보느라 체력은 이미 바닥 나 있었다. 엊저녁에는 우리 둘 다 오한으로 일찍 잠자리에 들었는데, 새벽에 눈을 떴지만 정신이 몽롱하고 몸이 말을 듣지 않는다. 어제 말라리아가 의심되었지만 비상용으로 남겨 둔 마지막 약을 아끼기 위해 감기약만 먹고 잠들었는데 말라리아가 틀림없어 보인다. 옆방에 자고 있는 환식은 괜찮은지, 어떻게 나이로비로 돌아가야 하는지…… 온갖 생각으로 머리가 복잡했다.

지난 두 주 동안 살펴본 투르카나는 재앙 그 자체였다. 에티오피아와 남수단 그리고 우간다와 국경을 접하고 있는 투르카나는 이곳에 살고 있는 부족 이름이기도 하다. 이곳에는 대략 100만 명쯤 되는 원주민들이 남한 면적의 77%에 달하는 광활한 반사막 지대에서 유목 생활을 하고 있다. 인구 2만여 명의 수도 로드와와 난민촌이 있는 카쿠마 그리고 긴급구호를 위해 건설한 로키초교를 제외한 대부분 지역은 여전히 원주민들이 원시 부족 형태로 살고 있다. 설상가상으로 지난 5년 동안 우기에 비가 오지 않아서, 투르카나 전 지역의 가뭄은 심각한 상태였다. 매일 죽어 가는 아이들과 가축 떼를 속수무책으로 바라보던 주민들이 체념한 모습으로 우리에게 하소연했다. "우리는 세상에서 잊힌 존재입니다We are forgotten people!"

지구촌에 총성이 사라지고 있지만 소말리아와 수단은 갈수록 깊은 내전의 수렁에 빠져들어 갔고, 지역 군벌들은 주민들을 착취의 제물로 삼고 있었다. 힘없고 가난한 사람들이 굶주림과 목마름, 온갖 질병으로 내일의 희망도 없이 인간 이하의 삶을 살고 있었지만 도움의 손길은 어디에도 없었다. 우리가 찾아간 마을들 중에는 부족민 전체가 물을 찾아 떠나 버려 텅 빈 땅에 절망의 그림자만 가득 남아 있는 곳이 많았다. 가끔 보이는 아이들은 만삭의 임산부처럼 배가 불러 있었는데, 극심한 영양실조로 내장이 밑으로 처지면서 생기는 현상이라고 했다. 마치 죽음의 신을 마주한 채 살고 있는 이들의 운명을 보는 듯했다. 마음속엔 수많은 질문이 있었지만 이들을 위해 당장 무엇을 할 수 있을지 참으로 막막하기만 했다.

'이들은 왜 이토록 비참한 운명의 수레바퀴 속에서 살아야 하는가?'

우리 가족은 1년 전 이곳 동아프리카를 찾아왔다. 무엇이든 도움의 손길을 주고 싶은 마음으로 찾아왔지만 이 거대한 재난의 불구덩이 앞에서 할 말을 잊고 서 있을 수밖에 없었다.

가이드로 동행한 투르카나 친구 피터가 말했다.

"결혼 허가를 받으러 고향에 갔더니 온 마을이 텅 비어 있었

어요. 물을 찾아 마을 전체가 이동한 겁니다. 부모님을 찾을
길이 없습니다. 이제 어디로 가야 할지 막막합니다!"

수백 마리의 소 떼, 양 떼, 심지어 낙타 시체들이 벌판 곳곳에
끝도 없이 널려서 이 땅이 겪고 있는 처절한 상황을 말해 주고
있었다. 적도의 뜨거운 태양 아래 투르카나 전 지역은 불로 달
구어진 용광로처럼 이글거리며 타고 있었다.

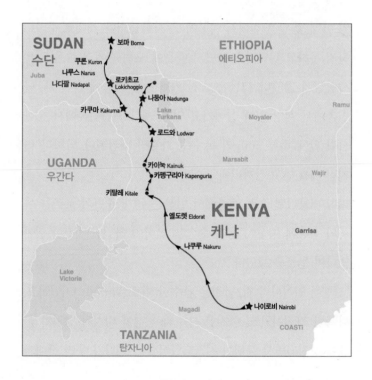

난민촌의 여성 가장 로즈

투르카나 군청 소재지 로드와를 출발해서 남수단 국경 로키 초교를 향해 123.3km를 달려오면 세계에서 가장 오래된 카쿠마 난민촌(Kakuma Refugee Camp)이 있다. 그곳에는 아프리카 12개국에서 피난 온 20만 명 가까운 난민들이 유엔(UN 국제연합)과 구호단체의 보살핌을 받으며 살고 있다. 대부분 내전 중에 벌어진 무차별 학살을 피해 고향을 떠나서 작열하는 태양 아래 몇 달을 걸어서 이곳에 온 사람들이다. 제대로 준비도 하지 못하고 피난길에 올랐기 때문에 오는 길에 가족을 잃은 사람들이 많았다. 그들은 숨진 가족들을 가슴에 묻은 채, 난민촌에서 희망 없이 살아가고 있다. 게다가 난민촌에서는 한 사람 앞에 하루 300g의 옥수수 가루만 배급된다. 밤마다 허기진 배를 안고 잠자리에 들어야 한다.

며칠 머물렀던 숙소 주방에서 일하는 40대 중반의 로즈는 아이의 심장에 이상이 생겨 수술을 받아야 하건만 치료할 길이 없다며 눈물을 보였다.

"전쟁이 일어나기 전, 남편은 남수단 피보르 군청 서기였어요. 다복한 가정이었죠. 하지만 북부와 전쟁이 터지자 남편이 군대에 징집되면서 불행이 시작되었어요. 그러다가 우리 군대가 북부군의 공격을 막지 못한 채 퇴각했고, 가족들은 대책 없이 마을에 버려졌습니다. 성인 남자들 대부분은 퇴각하는 군부대를 따라갔고, 어쩌다 남은 사람은 총살당했어요. 어린 남자 아이들은 점령군의 노예로 일해야 했고, 성인 여자들은 예외 없이 군인들의 노리개가 되었죠."

특히 군인 가족은 예외 없이 총살당했는데, 로즈는 다행히 북부군 장교 눈에 들어 목숨을 부지했고, 가족들을 위해서라도 그 남자와 살 수밖에 없었다.

"그 사람하고 사이에 아이가 둘 태어났어요. 지금 수술이 필요한 아이가 첫아이예요. 치열하게 공방전을 벌이며 남부군이 마을을 재탈환했을 때, 그 북부군 장교는 퇴각하는 부대를 따라 떠났어요. 첫 번째 남편은 지금도 생사를 알 수 없고, 그와의 사이에 태어난 아이가 셋인데 모두 폭격으로 죽었습니다."

로즈의 눈물은 그칠 줄 몰랐다. 첫 남편과 다시 만나는 것은 아예 기대조차 하지 않았다. 남편이 살아 있다면, 어디에서 또 다른 가정을 꾸리고 있으리라. 현재 살아남은 가족이라도 잘 지키고 싶지만, 그것 또한 쉽지 않다.

그 모습이 너무도 안쓰러워서 우리는 나이로비 사무실 전화번호를 건넸다. 어린이 심장병 재단과 연결할 수 있을 것 같아서였다. 하지만 안내하던 난민촌 관계자가 조심스럽게 귀띔했다.

"난민들이 다른 나라로 가려면 절차가 아주 복잡해요. 게다가 그곳에서 수술까지 받는 것은 거의 불가능할 겁니다."

난민촌 사람들은 해결할 수 없는 상처를 부여잡고 외부와 단절된 채 하루하루 살아간다. 이들의 모습이 내 가슴에 아프게 새겨지면서, 이런 생각이 들었다.

'먼 훗날 정치적 평화가 찾아온들 이들의 삶에 과연 무엇이 달라질까? 이들의 인생은 이미 돌이킬 수 없을 정도로 부서져 버렸는데……'

난민촌 마을을 돌아보다가 소말리아 부족들이 사는 곳에도 들렀다. 마을 입구 공터에 교회가 있기에 잠시 안으로 들어가 보았다.

"목사님을 찾아오셨어요?"

한 청년이 다가와 물었다.

"아니요, 그냥 지나는 길에 들렀어요. 계시면 만나 뵙고 싶네요."

그런데 청년의 대답에 나는 그만 놀라고 말았다.

"소말리아에서 암살단이 들어왔어요. 목사님이 급하게 피신했는데 지금 어디에 계신지, 언제 돌아오실지 아무도 모릅니다."

의지할 데 없는 지친 영혼의 마지막 피난처마저 사악한 인간의 이기심에 희생되어 버렸다. 저들은 무엇을 얻으려고 이런 처참한 짓을 계속하고 있는가? 상대를 죽이는 것이 곧 자신을 죽이는 것이며, 결국 모두를 파멸시킨다는 단순한 사실을 깨닫는 것이 그렇게 어려운 것일까? 난민촌의 유엔 안보 책임자가 괴로워하는 내게 눈앞에서 일어나고 있는 현실을 전해 주었다.

"바로 어제도 식수 문제로 난민들 사이에 칼부림이 일어났어요. 여러 명이 죽고 다쳤죠."

너희는 전사로 와 있다!

어제 늦은 저녁 로키초교에 도착한 우리는 늘 가던 공항 근처 숙소에 들었다. 새벽에 잠이 깼는데, 몸은 천근만근 무겁고 머리는 지난 두 주 동안 일어난 일들이 뒤섞여 복잡했다. 그런데 갑자기 폭탄이 터지듯 진동하는 굉음에 집이 흔들렸다. 깜짝 놀라 밖으로 뛰어나가 보니, 이제 막 이륙한 중형 비행기들이 숙소 지붕 위를 지나가고 있었다. 동체에 UN과 WFP(World Food Program 세계식량계획을 위해 만든 국제기구) 표시를 선명하

게 새긴 수십 대의 수송기들이 구호 식량과 약품을 싣고 아직 어스름한 지평선 너머 죽음의 땅 남부 수단을 향해 날아가고 있었다.

옆방에 있던 환식도 놀라서 달려 나왔다. 우리는 아득히 사라지는 비행기에서 눈을 떼지 못하고 그 자리에 못 박힌 듯 서 있었다. 꼬리를 물고 이륙하는 수십 대의 비행기들이 무언가 중요한 메시지를 전하고 있었기 때문이다.

'저 비행기가 가면 사람들이 살고, 가지 않으면 죽는다. 이곳은 최전방 전쟁터이며, 너희는 전사로 왔다!'

순간, 우리 두 사람은 마음으로 무릎을 꿇었다.

'용감한 전사로 두려움 없이 싸우다가, 전쟁터에서 생生을 마

감하게 해 주십시오!'

아직도 몸이 정상이 아니었기에, 우리는 비상용으로 가지고 있던 말라리아 약을 나누어 먹었다. 그리고 이곳에서 의료봉사와 지하수 개발 사업을 하고 있는 국경없는의사회(MSF, Medecins Sans Frontieres) 사무실을 찾았다. 수자원을 개발하려면 구체적인 정보를 얻어야 했다. 지난 3개월 동안 동부 아프리카의 재난 지역을 돌아보며 우리는 이렇게 결론을 내렸다.

'이들이 겪고 있는 고통의 가장 큰 원인은 식수 부족이다.'

그동안 수자원 개발 정보를 얻기 위해 여러 NGO를 방문했다. 모두 예외 없이, 국경없는의사회를 소개해 주었다. 처음에는 의사들이 모인 단체에서 지하수 개발을 한다는 것이 낯설게 들렸다. 아마도 수인성 질병으로 죽어 가는 많은 사람들을 치료하면서 시작하게 되었을 것이다. 국경없는의사회는 OLS(Operation Lifeline Sudan) 캠프 안에 있었다.

OLS는 남수단의 내전으로 고통을 겪고 있는 사람들을 위해 유니세프(Unicef, 개발도상국의 어린이를 돕은 국제기구)와 WFP가 주도하고 40여 개의 국제 NGO가 참여하고 있는 긴급구호 사업이다. 1983년에 수단 인민해방군(SPLA, Sudan People's Liberation Army)은 수단 정부를 전복하기 위해 내전을 일으켰다. 정부가 사라진 남수단은 1988년 말까지 약 25만 명이 기아 관련 질병으로 사망했으며, 100만 명이 이주했다. 남수단 내전 중 비공식적으로 300만 명 이상이 희생되었다고 전해진다. 국제사회는 이 상황을 해결하기 위해 1989년 4월 1일 OLS 사업을 승인했고, 곧바로 1억 3천2백만 달러의 구호 자금을 모아 주민들에게 절실한 식량과 약품을 지원했다. 로키초교에는 OLS의 가장 중요한 작전 본부가 있었다.

당시 로키초교의 치안은 상당히 불안정했다. 국경 너머에 사는 떼강도들이 자주 습격해서 사람들을 죽이고 가축을 빼앗아 갔다. 구호단체 캠프 역시 예외가 아니어서, 사업을 진행하는 데 많은 어려움을 겪고 있었다. 유엔은 이 문제를 해결하기 위해, 로키초교 중심지에 3만 평쯤 되는 OLS 캠프를 마련해

원하는 구호단체들이 들어오도록 했다. 캠프는 안전했으며, 생활에 필요한 식수·전기·숙소·식당 시설 들을 마련해 주었다. 국경없는의사회 역시 그 안에 있었다.

국경없는의사회에서는 30대 초반의 벨기에 여성 마리와 글로리아가 식수 개발 사업을 맡고 있었는데, 마리가 책임자였다. 외부인들이 생활하기에 정말 어려운 환경에서 열심히 일하는 모습이 참 귀하게 보였다. 두 사람은 지하수를 개발하는 데 필요한 장비 가격과 나이로비의 대리점 위치까지 친절하게 알려 주었다. 그뿐 아니라, 사무실에서 20분 거리에서 작업하는 현장 팀장에게 무선으로 연락해서 우리가 방문할 수 있도록 배려해 주었다. 이제 필요한 모든 자료를 얻은 우리는 서둘러 카쿠마 난민촌에 있는 병원으로 돌아가야 했다. 환식의 몸 상태가 점점 심해져서 더 이상 지체할 수가 없었다. 보통 말라리아에 감염되면 2주 뒤에 발병하는데, 투르카나에 들어온 지 이미 두 주가 지났다. 현재 몸으로 1,000km나 떨어진 나이로비까지 운전해 갈 수가 없는데, 다행히 100km 거리의 카쿠마 난민촌에 미션병원(Kakuma Mission Hospital)이 있다. 가톨릭에서 운영하는 병원인데, 연중무휴로 온갖 풍토병과 전염병에 감염된 환자를 무상으로 1년에 2천 명 이상 돌보고 있다. 책임을 맡고 있는 60대 중반의 다니엘 신부님은 이탈리아 사람으로 20년 넘게 이곳에서 살고 있다. 올라오는 길에 신부님 숙소에서 하루를 묵고 헤어졌는데 틀림없이 반갑게 맞아 주실 것이다.

"정말 운이 좋았어요!"

우리는 오후 늦게야 겨우 카쿠마에 도착했다. 아니나 다를까, 다니엘 신부님이 황급히 들어서는 우리를 보고 반갑게 환영해 주셨다.

"살아서 돌아오셨군요You are still alive!"

우리는 땀으로 범벅이 된 몸으로 포옹했다. 지난번 신부님 숙소에서 하룻밤을 보내며 밤늦도록 많은 이야기를 나누었는데, 벌써 진한 우정을 느낄 수 있었다. 신부님이 따라 주는 얼음물이 그동안 쌓인 긴장을 다 풀어 주었다. 이 순간에 맛보는 얼음물을 무엇과 비교할 수 있으랴?

"몸이 불편하니 병원 숙소가 더 좋겠습니다."

신부님의 깊은 배려로 우리는 의사 선생님 옆방에 머물 수 있었다.

병원장은 30대 후반의 케냐인 왐부아 선생이었다. 성격이 쾌활하고 친절한 그는, 아시아 사람은 우리가 처음이라며 무척 반겨 주었고 금방 친해졌다. 우리 상태를 보더니 다음 날 아침 말라리아 검사를 해 주기로 약속했다.

밤새 오한과 근육통에 시달린 나는, 아침에는 거의 의식을 잃을 정도였다. 왐부아 선생이 급히 달려와서 검사를 한 결과, 나도 말라리아에 감염되어 상당히 진행된 상태였다.

"정말 운이 좋았어요. 더 늦었으면 심각한 일이 일어났을 거예요!"

그가 환하게 웃으며 말을 이었다.

"이젠 아무 염려 마세요. 여기는 병원이고, 제가 바로 옆방에 있습니다."

우리는 회복될 때까지 병원에서 며칠 더 머물러야 했다.

하루는 병원 숙소에서 마지막 비상식량으로 남겨 두었던 라면을 끓이고 있었는데, 마침 주방에서 일하던 패트리샤가 들어왔다.

"패트리샤! 맛있는 한국 음식 함께 먹을래요?"

그런데 내가 라면 가락을 들어 보여 주었더니 기겁을 하고 도망쳤다.

"너무 징그러워요. 어떻게 사람이 지렁이를 먹을 수 있어요!"

"……."

생전 처음 보는 라면 가락이 그녀에겐 마치 살아 움직이는 지렁이처럼 보였던 것이 분명했다. 우리는 잠시 당황했지만, 장난기가 발동해서 도망하려는 패트리샤에게 한 젓가락만이라도 먹어 달라고 거듭 애원했다. 패트리샤는 전혀 내키지 않아 했지만 우리의 진지한 태도에 마지못해 받아먹었다. 그런데 라면이 혀끝에 닿자마자 두 눈이 휘둥그레지며 소리쳤다.

"타무 사나!"

너무 맛있다는 뜻이다.

"환상적이에요! 더 없어요?"

그 모습에 우리 두 사람은 웃음을 터트리고 말았다.

안과 의사 이데와를 만나다

말라리아에서 회복되면서 서서히 나이로비로 돌아갈 준비를 하고 있던 어느 날이었다. 섭씨 50도 가까운 대낮의 열기가 새벽까지 이어져 우리는 찌는 더위를 피해 건물 옥상에 모기장을 치고 자고 있었는데, 떠들썩한 소리에 잠이 깼다. 시간은 밤

12시를 막 지나고 있었는데, 시끄러운 자동차 소리와 함께 사람들이 주차장에 도착했다. 잠시 뒤 몇 사람이 우리가 있는 옥상으로 올라와서 익숙한 솜씨로 텐트를 치기 시작했다. 전기도 없는 깜깜한 밤, 달빛만 고요한 야밤에 이들은 얼마나 지쳤는지 금세 깊이 잠들어 버렸다.

아침에 보니, 이들은 투르카나 오지를 돌며 안과 치료를 하는 의료팀이었다. 팀 리더인 안과 의사 이데와는 케냐 현지 의료 NGO 소속이었는데, 정부 지원을 받아 원주민 부족들을 찾아다니며 안약을 나누어 주고 있었다. 1년에 한 번 방문해 겨우 5g짜리 테라마이신 안약 한 개 나누어 주는 것이 전부지만, 부족 사람들에게는 천사와도 같은 존재였다. 이들은 하루를 쉬고 또 다른 부족을 방문하도록 되어 있었는데, 우리에게 함께 가자고 했다. 그 지역은 우리도 가고 싶은 곳이었지만 길이 너무 험해서 포기한 마을이었다. 사실 투르카나 오지의 마을은 길이 없어서 찾기가 어렵고, 안내자가 있어도 사륜구동 차량이 아니면 갈 수 없다. 기근이 닥치면 많은 부족들이 구호 식량을 배급하는 차들이 찾아올 수 있도록 마을 입구에 자갈로 표시해 두곤 한다. 다행이 순회 진료팀 차량은 어떤 험한 길도 달릴 수 있는 영국제 랜드로버였는데, 이데와 선생이 배려해 줘서 우리도 함께 탈 수 있었다.

이데와 선생은 우리가 식수 공급에 관심이 있다는 말을 듣고 무척 반가워하며, 가는 곳마다 우리를 소개했다. 좌절 속에 있는 부족민들에게 작은 희망이라도 주고 싶었기 때문이다. 사실, 그때만 해도 우리는 식수 공급에 대한 아무런 준비도 하지 못한 상태였다.

그러던 어느 날 이데와 선생이 말했다.

"오늘 방문할 곳은 투르카나 지역에서도 가장 외지고 궁핍한 곳입니다."

아! 나둥아 마을

아침 일찍 카쿠마를 떠난 랜드로버는 에티오피아 국경을 향해 쉬지 않고 달렸다.

도저히 도로라고 할 수 없는 길을 다섯 시간이나 달려서, 마침내 카에리스라는 마을에 도착했다. 진료팀은 마을 사람들에게 약을 나누어 준 뒤, 다시 30분 이상 광야를 달려갔다.

벌판에는 말라 죽은 수백 마리의 짐승 뼈와 가죽이 있었는데, 이 지역의 가뭄이 얼마나 심각한지 보여 주고 있었다. 이곳 사람들은 물을 찾아 떠날 때 관습에 따라 살던 곳을 불태우는

데, 불태운 황폐한 흔적이 여기저기에 남아 있었다. 주거지라 야 갈대로 얼기설기 엮은 움막과 부엌 그리고 가축우리가 전 부였지만 까맣게 불탄 흔적이 고달픈 삶의 애환을 아프게 전 해 주고 있었다.

드디어 차가 멈춘 곳에는 문명 세계와 철저히 단절된 원주민 마을이 있었다. 사람들은 구호단체에서 3주에 한 번씩 공급해 주는 구제 식량으로 하루하루 연명하고 있었다. 그런데 무슨 이유에서인지, 그마저도 3개월째 공급이 되지 않고 있었다.

우리 팀이 도착하자 100여 명의 주민들이 우르르 몰려왔다. 부족민들은 대개 자동차 소리가 나면 무조건 마을 중앙으로 모여든다. 뭐라도 얻을 수 있으리라는 기대감 때문이다. 구호 대상 장부에 등록된 마을 주민은 1,450명이라고 한다. 대부분 안질 환자들이 모인 것 같았는데, 눈동자가 뿌옇고 진물과 고 름으로 고통당하고 있었다. 트라코마 환자가 가장 많다고 이 데와 선생이 귀띔해 주었는데 귀에서 고름이 흐르는 사람들도 있었다. 오염된 물로 인한 세균 감염이 원인이다.

외국인을 처음 보는 주민들은 한 사람씩 우리를 안고 볼을 비 비며 뜨겁게 환영해 주었다. 이들의 인사는 안으면서 볼을 왼 쪽 오른쪽 교대로 비비는 것이다. 어떤 부족은 상대방 얼굴에 침을 뱉으면서 환영과 축복을 표현하기도 한다. 참 황당한 경험이지만, 아마 악신을 쫓아내는 의식에서 비롯되지 않았나 싶다. 이들은 지구상에 백인과 흑인만 있다고 믿고 있어서 우리가 황인종이라고 해도 끝까지 백인이라고 고집했다. 구호 식량을 가져오는 백인을 본 적은 있지만 아시아 사람은 처음 본다고 했다. 사실 이들에게 그것이 무슨 차이가 있겠는가? 테라마이신 연고 한 개씩밖에 줄 수 없는 미안함과 안타까움 때문인지 이데와 선생은 약 배급이 끝난 뒤 주민들에게 나를 소개했다. 물을 공급해 주는 착한 사람들이 한국에서 찾아왔노라는 소개와 함께 나에게 부탁했다.

"격려의 메시지를 부탁합니다."

"……."

사람들의 순박한 눈동자가 우리만 쳐다보고 있었다. 느닷없는 요청에 당황스러웠지만, 무슨 말이든 해야만 했다. 망설이다 겨우 입을 열었다.

"우리는 지하수를 개발해 식수를 공급하려고 여기 동아프리카에 왔습니다. 비록 지금 여러분 상황이 어렵지만, 언젠가는 좋은 날이 분명히 올 겁니다. 꼭 다시 돌아오겠습니다."

사람들은 눈물을 글썽이며 우리 손을 꼭 잡고 놓지 않았다. 물을 공급한다는 말 한마디가 이들의 영혼을 감동시켰나 보다. 그렇지 않아도 마을에 겨우 한 개 있는 펌프마저 오래되고 낡아서 주민들의 고통은 이루 말할 수 없었다. 300명이 써야 할 펌프에 1,500명이 매달려 있으니 어려울 수밖에 없을 것이고, 쉽게 고장 날 수밖에 없다.

잠시 후, 추장이 열 살 남짓한 아이를 데리고 왔다. 아이는 살아 있다고 생각할 수 없을 정도로, 빠짝 말라서 뼈만 앙상하게 남아 있었다. 품에 안았더니 마른 나무토막처럼 가벼웠다. 아이는 대소변도 가리지 못한 채 서서히 죽어 가고 있었다.

추장이 말했다.

"이 아이 사진을 찍어서 당신들 나라에 보여 주십시오. 우리 마을은 다 죽어 가고 있지만 아무도 보살펴 주지 않습니다. 이 아이는 지금 죽을 날만 기다리고 있습니다. 우리 마을에 이런 아이가 한두 명이 아닙니다. 제발 우리를 도와주십시오!"

전통적으로 아프리카 사람들은 사진 찍히는 것을 싫어한다. 그래서 정말 친구가 되기 전에는 사진을 찍을 수 없다. 어떤 부족은 영혼을 도둑질당한다고 생각해서, 사진 찍는 사람을 공격하던가 아니면 아예 도망쳐 버리기도 한다.

절망 속에 있는 부족을 살리려는 추장의 안타까움이 가슴 깊이 느껴졌다. 수백 년 동안 세상에서 버려진 채 살아 온 이들은, 주어진 인생을 숙명처럼 여기며 살아가고 있었다.

"이젠 떠나야 합니다. 해 지기 전에 카쿠마로 돌아가야 안전합니다."

밤길의 위험을 잘 아는 이데와 선생이 우리를 재촉했다. 주민들은 기약 없는 이별을 아쉬워하며 잡은 손을 놓지 않고 애원했다.

"반드시 돌아와야 합니다!"

"네, 꼭 다시 돌아오겠습니다!"

우리는 흐르는 눈물을 감추며 대답했다. 어쩌면 우리 자신에게 다짐하고 있었는지도 모른다. 자동차는 이미 마을을 벗어나 넓은 벌판을 달리고 있었다. 하지만 가슴속에 가득한 눈물이 멈추지 않고 흐르고 있었다.

물! 물! 물!

'저들에게 마실 물을 실컷 줄 수 있다면 얼마나 좋을까!'

'내년에 다시 올 때, 이들 가운데 과연 몇 명이나 다시 볼 수 있을까?'

카쿠마로 돌아오는 랜드로버 안에서 나는 깊은 상념에 잠겼다. 같은 지구촌에 살면서, 이들의 삶은 왜 이리 극단적인 고통 속에서 헤어나지 못하는 것일까.

5초에 3명, 하루에 5만 명, 1년에 1,800만 명이 굶주림으로 죽어 가며, 14억 인구가 굶주림 속에 살고 있다고 세계보건기구(WHO, World Health Organization)는 보고하고 있다.

돌아갈 나라가 없어 유랑하는 난민도 비공식적으로 6천7백만 명이나 되며, 마실 물이 없어 고통 속에 살고 있는 사람들 역시 심각한 문제가 되고 있다. 2017년도에 세계보건기구와 유니세프의 보고를 보면 21억이나 되는 사람들이 깨끗한 물을 마시지 못하고 살며, 마실 물이 없거나 오염된 물로 죽는 사람이 매년 2천2백만 명이나 된다고 한다. 해마다 단순한 설사병으로 500만 명이 희생되며, 그중 아이들이 150만 명이고 특히 5세 이하 아동 34만 명이 설사로 삶을 마감한다.

달리는 창밖으로 보이는 하늘은 언제나처럼 아름다운 황혼으로 물들고 있었다. 아프리카의 황혼은 참으로 신비롭다. 붉게 물든 하늘에서 춤추듯 불어오는 바람은 언제 피부에 닿았는지도 모르게 영혼 깊이 들어와 지친 마음을 따스하고 평온하게 어루만진다. 마치 아무것도 염려하지 말라고 다독이는 엄마의 손길 같다. 밤하늘을 가득 수놓은 무수한 별은 또 다른 신비감으로 다가와 다른 메시지를 전해 준다. 마치 온 우주를 다스리는 아버지의 위엄을 보여 주듯이. 그런데 이 아름답기

그지없는 곳에서 우리는 세상에서 가장 비참하고 슬픈 사람
들을 만나고 있다. 이들에게도 어떤 메시지가 전달이 될까?
혹, 슬프고 아프게 만나지는 않을지 두렵기만 하다.

굶주림, 목마름, 질병과 전쟁의 위협 속에 있는 사람들
끝없는 고통 속에 살다가 이름 없이 세상에서 사라지는 사람들
세상에서 잊힌 사람들
다시 간다는 약속을 정말 지킬 수 있을까?
우리가 과연 이들에게 희망이 될 수 있을까?
이것이 우리의 부르심이라면 제대로 하고 싶다.

이들이 나의 부모 형제라면 내가 할 일은 너무 분명해 보였다.

"식수를 공급하자!

지하수를 개발해 펌프를 설치하고, 고장 난 펌프는 수리하자.

샘물이 있는 곳은 파이프를 연결하고,

빗물을 모아 사람들이 쓸 수 있도록 만들어 주자.

강이 있으면 정수 장치를 통해 공급하자.

물이 없어 죽어 가는 사람들을 위해 할 수 있는 것은

무엇이든지 해 보자!"

해결할 수 없는 숙제로 마음은 무거웠지만, 이런저런 계획을 머리에 담으며 우리는 카쿠마를 떠나 나이로비 본부로 향했다.

2장

0.1%의 가능성이라도

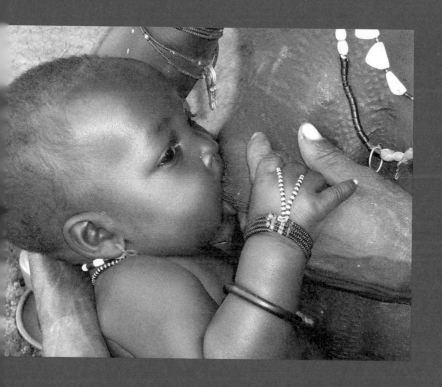

다시 찾은 나둥아 마을

한 해가 지난 2001년 8월, 우리는 한국에서 온 단기 봉사팀과 함께 나둥아를 다시 찾았다.

팀앤팀(Team&Team International) 케냐는 나둥아에서 돌아온 뒤 식수를 개발하기 위해 구체적으로 준비를 시작했다. 나는 기계 분야는 전문가지만, 지질 구조는 문외한이라 지하수 개발 공부를 새롭게 시작했다. 그리고 무엇보다 케냐 정부에 국제 NGO로 등록해야만 필요한 장비들을 면세로 수입할 수 있기 때문에 그 일도 차질 없이 해 나갔다.

장비를 사는 데 필요한 기본 예산을 준비한 뒤에는 방콕에 있는 굴착 장비 생산 공장을 찾아갔다. PAT 사장 포폴은 오래전 유니세프 식수 개발 분야에서 일할 때 현장에 꼭 맞는 굴착 장비가 없어서 아쉬워하다가 친구들과 함께 사업을 시작했다고 한다. 우리가 한국인이라고 하자 첫마디에 "한국 굴착 장비가 세계 최고인데 왜 왔습니까?" 하고 의아해했다. 아프리카 오지에서 쓰려면 장비가 작고 가벼워야 사막 지역이나 구석진 원주민 마을에 갈 수 있는데, 한국 장비는 너무 크고 무겁고 비싸서 우리에게 적합하지 않다. 공장을 둘러보고 장비들을 살펴보니 성능과 특성 그리고 가격 면에서 PAT 장비가 우리에게 적합해 보였다. 포폴 사장 역시 우리에게 꼭 맞는 장비를 특별히 제작해서 3개월 뒤 몸바사항에 도착할 수 있도록 도와주었다.

이번에 나둥아 마을을 다시 찾은 건 마침 찾아온 단기 봉사팀과 함께 비상식량과 약품을 나눠 주고 필요하면 마을 펌프도 살펴볼 계획이었다.

구호 식량을 실은 트럭을 포함해서 자동차 세 대가 마을로 들어가자 온 마을이 난리가 났다. 환식과 나를 기억하는 주민들이 달려와 안아 주며, 마치 죽었던 가족이 살아 돌아온 것처럼 반가워했다. 다행히 마을에 하나 있던 펌프를 여전히 쓰고 있었지만, 정밀하게 다시 점검하고 정비를 해서 한동안은 식수가 모자라서 위험해지는 일이 없도록 했다.

팀원들은 마을 지도자들과 함께, 가지고 간 옥수수 4톤을 주민들에게 나누어 주었다. 그런데 옥수수 배급이 끝나자 주민들이 노래하며 춤추기 시작했다. 그러더니 갑자기 나를 향해 몰려와서 당황해하는 내 둘레를 몇 바퀴 돌더니, 팀원들을 한 명씩 행가래를 치기 시작했다. 그저 놀란 눈으로 서 있는 내게 추장이 다가와서 말했다.

"당신들이 돌아온다는 약속을 지켰기 때문에 주민들이 기뻐하고 있습니다. 구호단체에서 식량을 가지고 여러 번 왔지만, 이렇게 반긴 적은 없었습니다."

그들은 마음 깊이 감동하고 있었다. 약속을 지키려고 이 먼 곳까지 다시 찾아온 우리를 통해 삶의 희망을 보았기 때문이리라.

우리 팀은 그곳에 일주일 동안 머물며, 카에리스와 밀리 마타투 같은 주변 마을도 찾아가 식량을 나누어 주며, 펌프를 점검하고 필요하면 수리를 해 주었다.

우리는 이들과 아쉽게 작별하고 돌아오는 길에 카쿠마 난민촌을 방문했다. 난민촌을 방문하려면 유엔의 사전 허락이 필요했지만, 수자원 개발팀이라는 말에 쉽게 들어갈 수 있었다. 안보팀장은 총을 든 군인 한 명을 우리 차에 태워 만약의 사태에 대비하도록 배려해 주었다.

난민촌은 언어와 문화가 다른 종족들 사이의 분쟁을 막기 위해 나라별로 구역이 나뉘어 있었다. 우리는 난민촌 안에서 가장 수가 많은 수단 사람들 거주지로 먼저 가 보았다. 우리 자동차 두 대가 마을 입구로 들어서자, 큰 나무 그늘 아래 모여 있던 십여 명의 젊은이들이 다가왔다.

"수자원 개발을 하는 한국 사람들입니다."

그러자 한 청년이 반가워하며 대답했다.

"우리 교장 선생님도 한국에서 공부하셨어요!"

이들은 수단 난민촌 안에 있는 이동 지도자 학교 학생들이었다. 우리는 자동차를 공터에 세우고 젊은이들을 따라 좁은 골목을 돌고 돌아 허름한 건물 마당에 이르렀다. 잠시 후, 40대 후반의 키 크고 잘생긴 사람이 환한 표정으로 달려와서 한국말로 인사했다.

"안녕하세요, 스테판입니다!"

남부 수단이 손짓하다

학교장 스테판은 수단 하르툼에서 경제학을 공부하고 유엔에서 일하던 엘리트였다. 하지만 전쟁이 터지자, 수만 달러의 연봉을 포기하고 난민촌으로 들어가 젊은이들을 교육하고 있었다. 그는 오래전 한국에서 제3세계 지도자들을 돕는 석사 학위 프로그램에서 장학금을 받으며 공부했다. 공부를 마친 그에게 더 나은 조건들이 많았지만, 망설이지 않고 난민촌 청년들에게 돌아갔다. 그가 이 고난의 길을 선택한 이유는 지극히 단순했다.

"고통당하는 동족들이 있는 곳이 바로 제가 있어야 할 자리입니다. 그리고 언젠가 전쟁이 끝나고 조국에 평화가 찾아올 때를 대비해서 청년들이 준비해야 합니다."

게다가 스테판은 우리 팀의 안정규 대원과 한국에서 같이 공부하며 친하게 지냈다고 한다. 우리는 곧 동역자가 되었고, 팀 앤팀은 그를 통해 남부 수단의 열악한 모습과 만나게 되었다.

그리고 5~6개월이 지난 어느 날, 스테판이 우리에게 열악한 남수단의 보마 상황을 전해 주었다. 보마는 로키초교에서 경비행기로 1시간 30분 남짓 떨어진 곳으로, 우기가 시작되는 3월 하순부터 11월 말까지는 외부와 연결된 모든 육로가 차단

된다. 대부분이 저지대여서 늪으로 변하기 때문이다. 반면, 건기가 시작되는 12월부터 이듬해 3월 말까지는 비 한 방울 내리지 않는 극심한 가뭄이 찾아온다. 마을에 있는 지하수는 말라 버리고, 계곡에서 흘러내리는 물도 사라져 사람들과 가축들이 병들어 죽기 시작한다. 이 혹독한 재난을 피해 주민들은 기르던 가축 떼와 함께 몇 주를 걸어 에티오피아 국경에 있는 난민촌으로 피난 간다. 하지만 병들고 연로한 사람들은 아예 떠날 엄두조차 못 낸다. 섭씨 60도를 웃도는 숨 막히는 한낮에 수백 킬로미터를 걸어야 난민촌에 갈 수 있기 때문이다.

당시 우리는 수자원을 개발할 수 있는 기본 장비만 갖춘 채 가리사와 투르카나에서 막 걸음마를 떼고 있었다. 이 분야의 일을 처음 해 보는 것이라 모르는 것이 너무 많아, 배우고 익혀야 할 것이 한두 가지가 아니었다. 팀원들 모두 넋두리처럼 말하곤 했다.

"지하수 개발이 이렇게 힘든 줄 알았다면, 결코 시작조차 하지 않았을 텐데⋯⋯."

우리는 시행착오를 무수하게 되풀이하며 힘들게 배워 가고 있었다. 이런 상황에서 국경을 넘어 남수단을 돕는 것은 현실적으로 불가능했다. 남수단은, 유엔이 '지구상에서 인간이 살기

카쿠마 난민촌 이동 지도자 학교 스테판 교장

에 가장 힘들고 어려운 땅'이라고 규정한 곳으로 더구나 전쟁 터였다. 어쨌든 우리는 "보마를 도와 달라"는 스테판의 요청을 들은 척도 하지 않았다.

"남부 수단은 우리가 갈 수 있는 곳이 아니야!"

하지만 아무리 우리 자신을 합리화시켜도, 보마에 대한 마음의 부담은 떠나지 않았다. 스테판의 단순한 말 한마디가 날이 갈수록 우리 마음을 무겁게 짓눌렀다.

"사람들이 매일 죽어 가고 있어요!"

견디다 못한 우리는 무엇을 해야 할지 알 수 없지만 일단, 그 땅을 방문해 보기로 했다.

"See you again! Safe journey!"

2001년 10월, 마침내 스테판과 함께 로키초교를 떠나 보마로 가는 AIM(Africa Inland Mission) AIR 6인승 비행기에 몸을 실었다. 당시 수단으로 들어가는 유일한 길은 MAF(Mission Aviation Fellowship)와 AIM 소속 프로펠러 경비행기뿐이었다. 이들 단체는 백 년이 넘게 6인승 세스나와 15인승 카라반으로 밀림과 사막지대에서 일하는 선교사와 구호 요원들을 지원하고 있었다. 조종사 차드는 미 공군 대위 출신으로 의미 있는 삶을 찾아 이곳에 왔다고 했다. 월급도 없는 일을 하지만 자신의 일을 무척 자랑스러워했다. 그는 가족들은 나이로비에 두고 늘 위험이 따르는 남수단과 에티오피아, 콩고에서 긴급구호 활동에 온 삶을 바치고 있다. 남부 수단의 지독한 건기는 보통 4개월 동안 이어진다. 경비행기 조종사들은 이때 몰아치는 사막의 먼지바람을 가장 싫어한다. 먼지바람이 한번 일기 시작하면, 마치 세상의 종말이 왔다는 생각이 들 정도로 심각하다. 한번은 룸백이라는 도시에 가려고 유엔 소속 카라반 비행기에 몸을 실었지만, 두 시간쯤 가다가 돌아와야 했다. 돌풍이 아닌 먼지바람이었지만, 시야를 가려서 조종사가 방향을 분간할 수 없었고 모래 먼지가 엔진에 치명적인 고장을 일으킬 수도 있었기 때문이다.

"언젠가 비행기가 이륙한 지 5분 만에 폭발했어요, 조종사의
비명 소리가 무선을 통해 그대로 전해졌죠. 친한 친구였기에,
그 뒤 며칠 동안은 도저히 비행할 수 없었어요. 또 아스팔트도
없는 흙길에 착륙하다가 비행기가 전복되어 죽은 조종사도
많아요."

차드는 험한 전쟁터에서 겪은 가슴 아픈 이야기들을 담담하
게 들려주었다. 이곳처럼 전쟁터에서 긴급구호 활동을 하는
사람들은 누구나 많은 위험에 노출된다. 우리 팀원들 역시 떠
날 때는 가족들에게 유서를 맡긴다. 언젠가 투르카나 길을 달
리면서 환식이 이렇게 말한 적이 있다.

"아내와 두 아이를 불러 놓고 유서를 읽어 주었어요. 여섯 살
밖에 안 된 큰딸 은지는 무슨 뜻인지도 모르면서, 아빠 엄마의
비장한 모습에 계속 울기만 했어요."

우리는 1시간 30분쯤 비행해서 마침내 남부 수단의 보마에
도착했다. 활주로가 비포장이라서 금방이라도 뒤집어질 것처
럼 위태롭게 착륙했는데, 수백 명의 마을 주민들이 기다리고
있었다. 이곳 사람들은 비행기 소리만 났다 하면 무조건 활주
로로 나온다. 비행기는 어쩌다 한번 오는 외부 세계와 유일하
게 소통할 수 있는 수단이었다.

무사히 우리를 내려 준 차드는 강한 포옹을 하고는 다시 비행기에 올랐다. 전쟁터를 오가는 비행기는 승객이나 화물을 내리면 즉시 떠나야 한다. 가끔 탈출하려는 난민들이 몰려와서 사고가 일어날 수 있기 때문이다.

"몸조심하십시오!"

"다시 만납시다! 안전한 여행을 빕니다See you again! Safe journey!"

우리는 눈빛을 나누며 전우로서의 우정을 가슴속 깊이 새겼다. 이곳에서 만나는 구호 요원들은 서로 강력한 동지 의식을 갖게 된다. 비록 소속 단체가 다르고 국적도 다르지만, 얼마나 강력한 운명의 끈으로 서로 연결되어 있는지 본능적으로 느낀다. 그래서 어디에서 만나든지, 알고 지내는 친구들의 안부부터 확인하곤 한다.

언젠가 투르카나 로드와에서 30대 중반의 유럽 청년들을 만난 적이 있다. 투르카나 지역의 여성을 계몽하기 위해 세운 Woman's Guest House 식당에서였다. 이른 아침인지라 식당에는 그들과 우리뿐이어서 자연스럽게 통성명을 하게 되었다. 워낙 외국인을 만나기 어려운 오지여서, 누구를 만나든 인사하며 필요한 정보들을 나눈다. 주로 치안에 관한 이야기를 가장 많이 하는데, 신문이나 라디오에서 얻을 수 없는 생생한 현지 정보를 정확하고 확실하게 얻을 수 있다. 내가 먼저 인사했다.

"팀앤팀이라는 NGO에서 주로 식수 개발과 보건 위생 일을 하고 있어요. 나는 Lee이고 이쪽은 Kim입니다. 한국에서 왔어요."

"저희는 독일 회사 소속으로 케냐 전역의 지하자원을 조사하고 있는데, 저는 네덜란드에서 왔고 이 친구는 독일 사람입니다."

그러자 독일 청년이 추억을 되새기며 말했다.

"제가 어릴 때 부친께서 이곳에서 몇 년 동안 의료봉사를 하셨어요. 투르카나는 제 가족에게 추억이 많은 곳입니다."

명함을 보니 두 사람 모두 지질학 계통 박사들이었다. 이들은 아프리카 전역의 지하자원을 광범위하게 조사하고 있었다. 두 사람은 2주 뒤 나이로비에서 다시 만나, 수맥을 탐사할 수 있는 최신 장비에 대해 알려 주겠다고 약속했다. 식사를 마친 후 그들은 로키초교를 향해 북쪽으로 떠났고, 우리는 반대 방향인 나이로비로 내려왔다.

그런데 한 달이 지나도록 연락이 없어 기억에서 사라지려고 할 때쯤, 네덜란드 청년에게서 메일이 왔다.

"늦게 연락을 드려서 죄송합니다. 당신들과 헤어진 후 카쿠마 난민촌을 지나 로키초교로 올라가는 길에 강도들의 총격을 받았습니다. 저는 기적처럼 살았지만, 운전하던 독일 친구는 현장에서 사망했습니다. 그간 친구 시신을 수습해 독일에서 장례를 치르고, 지난주에야 돌아왔습니다. 저는 아직도 충격에서 벗어나지 못하고 있습니다. 다니실 때 부디 몸조심하시기 바랍니다. 두 분 가시는 길에 늘 행운을 빕니다!"

이런 일은 투르카나를 여행하는 사람들이 흔히 겪는 일이었다. 포콧에서 투르카나로 넘어가는 첫 동네 카이눅에는 무장 경찰들이 지키고 있다. 이곳을 지나는 차량들은 새벽 6시, 아침 10시, 오후 1시 그리고 저녁 6시에만 무장 경찰의 경호를 받으며 200km 떨어진 로드와까지 갈 수 있다. 로드와에서 로키초교까지 300km는 안전해서 경찰이 경호를 하지 않는데, 안타깝게도 그 길에서 사고를 당했다. 아프리카 국경 변방에서는 언제 어디에서 강도들이 공격해 올지 예측할 수 없다.

메일을 확인한 후, 나는 곧바로 전화를 걸었다. 애석한 마음을 표현할 길이 없었지만, 잘 이겨 낼 수 있도록 위로해 주었다. 청년은 사고의 자초지종을 들려주며, 우리를 염려하는 마음을 깊이 담아 작별 인사를 했다.

"여행길 늘 조심하세요, 또 만납시다 Safe Journey, See you again!"

나는 'Goodbye!'라는 작별 인사를 좋아하지 않는다.

대신 늘 이렇게 인사한다.

"See you again! Safe journey!"

'See you again!'에는 '죽지 말고, 꼭 다시 만납시다!'라는 마음
이 담겨 있다.

아무도 지켜 주지 않는 험한 환경에서 우리가 나누는 절실한
작별 인사다.

보마 마을의 무를레 부족

남부 수단 보마에는 무를레 부족이 오랫동안 살아왔다. 이들
은 어떤 극한 상황도 이겨 내는 강인한 전사들로 북부군에 대
한 저항 운동을 가장 먼저 시작했다. 결국 이 저항 운동이 남
부 전역으로 확산되어 남수단을 독립으로 이끌었다.

무를레 남자들은 가운데 윗니가 없다. 부족의 일원이라는 의
미로 남자아이들의 이빨을 뽑는 풍습 때문이다. 이제는 거의
사라졌지만, 40대 이상의 남자는 하나같이 앞니가 없어서 무
를레 부족임을 쉽게 알아볼 수 있다. 자세한 이유는 모르지만,
전쟁 중 긴박한 육탄전에서 아군을 구별하기 위해서 그러지
않았을까 생각해 보았다.

보마는 해발 800~900m의 산을 중심으로 이루어진 부락이

다. 10만여 명의 주민들이 산속 구석구석에 흩어져 살고 있다. 이들은 적게는 30~40명, 많게는 700~1,000명씩 모여 산과 평지에 촌락을 이루고 산다. 가장 큰 부락이 이티 마을인데, 대략 2만 명쯤 되는 주민들이 비행장 활주로를 중심으로 개울을 따라 살고 있다. 이티 마을을 중심으로 주변 지역을 행정구역상 보마라고 한다.

보마는 4월부터 11월 말까지 우기인데, 이 기간엔 주변 계곡에서 흘러내리는 물이 마을을 관통하면서 제법 큰 개울이 만들어진다. 개울 폭은 7~8미터밖에 안 되지만, 이 물길을 따라 사람들이 집을 짓고 수백 년을 살아왔다. 우리가 갔을 때는 본격적인 우기가 오기 전이었는데, 개울에는 물이 제법 흐르고 있었다.

비행기에서 내리자마자, 나는 마을을 파악하기 위해 홀로 상류에서 하류까지 개울을 살펴보았다. 이들이 겪는 가장 심각한 문제가 마실 물이 부족하다는 것을 이미 알고 왔기 때문이다. 지형 탐사를 마치고 원로들이 모인 곳으로 갔다. 우리가 온다는 소식에 마을 원로 20여 명이 큰 기대를 가지고 기다리고 있었다. 원로들은 보마 지역 해방군 사령관이자 군 행정 책임자인 케네디 장군 집에서 우리를 반갑게 맞이해 주었다.

"모든 구호단체들이 오랜 전쟁을 견디지 못하고 마을에서 철수했습니다. 버려진 우리 마을에 위험을 무릅쓰고 찾아 주셔서 얼마나 감사한지 모르겠습니다."

우리는 그의 말에 귀 기울였다.

"북부 아랍족이 남부 전체를 이슬람법 샤리아로 통치하며 많은 사람들을 죽였습니다. 우리를 노예처럼 학대하며 우리 부족 말을 쓰지 못하게 하고 아랍어를 강요했습니다. 견디다 못한 남부 수단 사람들이 이곳 보마를 중심으로 해방운동을 시작했습니다. 우리는 목숨을 걸고 싸워 자유를 찾았습니다. 남부 수단 전역에서 '보마'라는 단어는 자유와 해방의 의미가 되었습니다. 사람들이 지치고 힘들 때면 '보마!' 하고 외칩니다."

해방군 사령관 케네디 장군

그의 깊고 안정된 눈빛은 다른 모든 원로들을 압도했다. 이어서 20여 명의 남자 원로들과 4명의 여성 지도자들이 차례차례 자신을 소개했다. 그리고 한 사람씩 마을이 처한 어려운 상황을 이야기하기 시작했다.

"먹을 물만 있어도 죽지 않고 살아갈 수 있습니다."

"임산부조차 섭씨 60도의 뙤약볕 아래, 20리터짜리 물통을 이고 매일 일곱 시간을 걸어 물을 길어 와야 해요. 도중에 쓰러진 산모와 아이가 죽는 일이 비일비재합니다."

"어떻게든 우리를 살려 주세요!"

"수천 마리의 가축 떼들이 물이 없어 죽어 가고 있어요."

"말라리아로 많은 사람들이 고통당하고 있어요. 특히 아이들이 많이 죽어 가고 있습니다. 모기장을 주실 수 있나요?"

"장티푸스로 죽어 가는 사람들을 위해 예방접종이 절실합니다!"

이 모든 하소연의 핵심은 식수 부족이었다.

해마다 11월 말에서 이듬해 3월 말까지 이어지는 건기에, 주민들은 썩은 물조차 구할 수 없다. 마을 여자들의 하루 일과는 걸어서 왕복 7시간 거리에 있는 이웃 마을 냐트에 가서 20리터 물 한 동이를 구해 오는 것이다.

정부가 사라져서 어디 하소연할 곳도 없는 이들은, 마치 우리가 부모라도 된 양 슬픈 넋두리를 쏟아 내고 있었다. 비록 낮은 목소리로 이야기하고 있지만, 사력을 다해 부르짖는 최후의 비명 소리였다. 이들은 수십 년, 아니 수백 년을 이렇게 살아왔을 것이다. 이들의 고통스러운 삶을 근본적으로 바꾸어 줄 수 있는 길은 없는가?

이들의 하소연이 끝났지만 어떻게 응답해야 할지 막막했다. 무슨 말이든 해야 했다. 하지만 차마 '우리가 도울 수 있는 것은 없습니다'라고 말할 수는 없었다. 그렇다고 가능하지도 않은 일을 할 수 있다고 큰소리칠 수도 없는 노릇이었다. 하지만 절망 속에 죽어 가는 이들에게 한 가닥 희망이라도 남겨 두지 않고는 떠날 수 없을 것 같았다.

0.1%의 가능성이라도!

나는 중앙으로 걸어가, 가지고 있던 나무 지팡이로 땅바닥에 그림을 그리며 말했다.

"우기에는 물이 산에서 많이 흘러내려 마을을 지나갑니다. 그러나 건기가 되면 한 방울도 남김없이 사라집니다. 이 아까운 물을 모아 둘 수만 있다면, 건기를 이겨 낼 수 있습니다. 작은 저수지를 만들어 이 물을 저장할 수 있는 방법을 찾아보겠습니다."

나는 저수지를 만들어 본 적도, 만드는 것을 본 적도 없다. 그런 내가 아무 구체적인 대책도 없이 목마른 이들 앞에서, 지팡이로 그림을 그리고 있었다. 비록 당시엔 실현 가능성이 없는 황당한 생각이었지만, 무슨 짓을 해서라도 이 꿈이 이루어지도록 하고 싶었다.

"0.1%의 실현 가능성만 있어도 시도해 보아야 한다."

이 말은 우리 팀에서 늘 하는 말이다. 이루어진다면 수만 명의 생명을 살릴 수 있고, 실패하더라도 그 과정 속에서 희망이라는 선물을 줄 수 있다. 사실 이들에게 가장 큰 고통은 현실에서 겪는 어려움도 있지만 내면에 가득한 절망이다. 절망은 내일에 대한 기대가 사라진 영혼의 죽음이다. 사람을 살리는 일은 희망을 주는 것에서 시작해야 한다.

희망은 내면의 부서진 삶을 회복시키는 자생력을 갖게 한다. 수많은 구호단체들이 엄청난 재정을 쏟아부으며 돕고 있지만 갈수록 의존도만 더 높이고 자립성을 파괴한다는 비난을 받고 있다. 육체에 필요한 옥수수 가루만 주고 있기 때문이다. 절망으로 부서진 내면이 회복되지 않으면, 살아 있으나 내일이 없는 삶을 살게 된다.

저수지를 만들겠다는 내 계획은 무모한 이야기였지만, 마을 원로들의 얼굴에 생기가 돌며 여기저기에서 웅성거리기 시작했다.

"정말 가능한 일입니까?"

"우리는 이제 살 수 있는 것입니까?"

"언제부터 이 일을 시작할 수 있습니까?"

순식간에 절망의 분위기가 기대감으로 바뀌었다. 마치 이미 프로젝트가 완성된 것 같은 기쁨이 넘치기 시작했다. 이때 중년의 지도자 한 사람이 날카로운 태도로 질문했다.

"예전에도 산에 있는 샘에서 물을 공급하겠다고 다녀간 외국인이 있었습니다. 많이 기대했는데, 그 사람은 돌아오지 않았고 저희는 실망만 하고 말았습니다. 당신들도 다시 찾아오지 않는 것 아닙니까?"

"……."

일순간, 좌중은 찬물을 끼얹은 것처럼 조용해졌다.

나 역시 당황했다. 사실 우리에게는 저수지 개발에 대한 기술적인 경험도, 필요한 자금도 없었다. 있다면, '고통당하는 아프리카 사람들에게 뭐라도 도움이 되고 싶다'는 절실한 마음뿐이었다. 나는 숨을 길게 내쉬며 담담히 말했다.

"이곳에 관광을 목적으로 올 사람은 없습니다. 이곳은 전쟁터입니다. 호텔도, 식당도, 병원도 없고, 마실 물조차 없습니다.
유엔의 허락 없이 들어오면, 강도를 만나든 북부군 포로가 되
든 심지어 죽더라도 아무도 책임지지 않습니다."

"……."

사람들이 내 말에 귀를 기울였다.

"이곳에 오기까지 얼마나 많은 비용을 치러야 했는지 여러분
이 잘 아실 겁니다. 소형 비행기 한 대 빌리는 데에도 수천 달
러가 필요합니다. 게다가 말라리아, 장티푸스와 수면병의 원인
인 체체파리의 공포도 감내해야 합니다. 돈을 벌기 위해 이곳
에 오는 사람은 없습니다. 예전에 방문한 사람들도 이런 희생
을 감내하며 오직 여러분들을 돕기 위해 왔을 겁니다."

사람들의 표정이 숙연해졌다.

"틀림없이 그들은 돌아가서 어떻게든 여러분을 도우려고 최선
을 다했겠지만, 여의치 못한 상황에 안타까워하고 있을 겁니
다. 아마 지금도 자신들을 대신하여 누군가가 여러분들을 도
울 수 있기를 간절히 바라고 있을 것입니다."

사실 그랬다. 나중에 알았지만, 스위스 정부 역시 우리와 같은
프로젝트를 계획했었다. 나는 스위스 대사관에서 인도적 지원
을 책임지고 있는 잭 부비어를 우연히 알게 되어 나이로비에
있는 스위스 대사관에서 만났다. 그는 그때 사업 계획서를 보

여 주며 말했다.

"제가 토목 기사여서 보마를 직접 답사해 계획서를 만들었지만 환경이 너무도 열악하더군요. 나이로비에서 전쟁 중인 그곳까지 물자를 운반하는 것도 어렵고, 중장비도 없이 공사를 진행할 엄두가 나지 않아 포기할 수밖에 없었습니다."

원로들과 이야기하는 자리를 마무리하기 위해 나는 이야기를 정리했다.

"지금 비로소 깨달은 것은, 먼저 다녀간 그분들의 간절한 바람이 우리를 이곳으로 불렀다는 사실입니다. 개울은 여러분 것입니다. 물이 필요한 사람도 여러분입니다. 따라서 이 일은 여러분의 일입니다. 저희는 돕는 역할을 할 뿐입니다. 이제부터 우리는 이 일에 필요한 자금을 모으고 기술자를 찾기 시작할 것입니다. 앞으로 수많은 어려움이 있으리라 예상합니다. 어쩌면 우리 역시 돌아오지 못할 수도 있습니다. 여러분들이 아무것도 하지 않고 구경만 하신다면, 우리 역시 할 수 있는 일이 없을 겁니다. 이 일의 주인은 여러분입니다."

모두 심각한 얼굴로 고개를 끄덕였다.

잠잠히 듣고 있던 케네디 장군이 마침내 아랍어로 천천히 입을 열었다. 장군은 부족 말과 아랍어밖에는 몰랐다. 보건 의료를 맡고 있는 프란시스 로쿠르냥이 영어로 통역해 주었다.

"우리 마을에 신부님이 계시긴 하지만, 지난 몇 년 동안 우리를 찾아온 외국인은 거의 없었습니다. 그리고 여러분은 이 땅을 밟은 첫 아시아 사람입니다. 오늘 저희에게 희망을 갖게 해 주셔서 감사드립니다. 설령 여러분이 돌아오지 않는다 해도, 원망하지 않겠습니다. 하지만 한 가지만 약속해 주십시오. 만약 상황이 여의치 않아 추진할 수 없게 되면 그 이유라도 알려 주십시오. 우리는 그 장벽이 사라질 때까지 함께 싸울 것입니다. 결코 방관자로 있지 않겠습니다. 우리가 해야 할 일을 가르쳐 주신다면 최선을 다할 것을 약속드립니다. 여러분은 이제 보마의 명예로운 시민입니다."

아프리카 부족사회에서 부족장이 갖는 권위는 절대적이다. 부족을 방문하는 모든 외부인들은 신분을 밝히고 방문 목적을 설명해야 한다. 만일 부족장한테서 '당신을 환영합니다!'라는 허락을 받지 못하면 절대 머물 수 없다. 그러나 일단 부족장의 허락을 얻으면 아무도 이들을 해칠 수가 없다.

"여러분은 이제 보마의 명예로운 시민입니다!"

장군의 환영사는 이제 우리가 이들의 가족이 된 것을 뜻했다. 이제 더 이상 외부 방문객이 아니기에, 이들의 어려움 역시 우리의 어려움이 되었다.

남미에서 온 신부님들

케네디 장군은 우리가 편하게 묵을 수 있도록, 장군 집에서 1km 정도 떨어진 시설에 방을 준비해 놓았다. 당시엔 가톨릭에서 예배당과 신부, 수녀들의 숙소로 쓰고 있었는데, 외부 방문객이 유일하게 머물 수 있는 시설이었다. 원주민들이 살고 있는 전통 가옥 구조로 방문객들을 위한 숙소가 두 채 있었다. 사실 말이 가옥이지, 나무 기둥 몇 개에 진흙 벽을 바르고 갈대 지붕을 올린 움막에 불과했다. 물어보니 일주일이면 뚝딱 지을 수 있단다. 금방이라도 쓰러질 것 같은 집이었지만, 그나마 침대 두 개와 모기장이 준비되어 있었다.

신부님들은 굶주리는 마을 사람들에게 감자 같은 농산물들을 나누어 주면서 교육에 힘쓰고 있었다. 인상적인 것은, 음식을 받은 만큼 성당에 와서 꼭 노동으로 봉사해야 했다. 자기 자신에게 비굴해지지 않고, 당당해질 수 있도록 하는 배려였다.

두 분 신부님은 남미 출신이었는데, 아르헨티나와 우루과이에서 왔다고 했다. 보마는 아랫마을 보마와 산동네 보마가 있는데, 우루과이 신부님은 산 위 동네에서 학교 건축 일을 하고 막 내려왔다. 바퀴가 가슴까지 오는 큰 트럭으로 지붕에 쓸 함석을 운반하고 오는 길이라고 했다.

"워낙 험한 산길이라 시속 10km밖에 못 달려요!"

우리는 식수 문제를 해결하기 위해 긴 이야기를 나누었다. 저녁 식사 후, 아르헨티나 신부님이 위스키를 한 병 들고 왔다.

"우리가 직접 빚은 것입니다. 한번 맛보세요."

"……"

무슨 재료로 만들었는지 이상한 냄새가 진동했다. 체질적으로 술을 못 마시는 나를 보며, 아르헨티나 신부님이 재미있다는 표정으로 말했다.

"이곳에서 여러 가지 재료로 만들어 보았는데 냄새가 이상해요. 그래도 이젠 익숙해졌어요."

오랜만에 외부인을 만나 즐거워하는 신부님들과 이야기를 나누다가 밤 11시가 넘어서야 방으로 돌아왔다. 창문도 없는 방에서 새벽까지 높은 습도와 뜨거운 열기로 잠을 이룰 수가 없었지만 그나마 모기장이 있어서 다행이었다. 밤새 흐르는 땀과 씨름하다가 새벽이 되어서야 겨우 눈을 붙였는데, 쏟아지는 빗소리에 그만 잠이 깼다. 아프리카의 빗소리는 늘 마음을 푸근하게 하지만, 이날 새벽 빗소리는 내 가슴을 철렁하게 했다.

"이렇게 심하게 비가 오면 우리 비행기가 못 올 것 같은데……"

내가 중얼거리자 옆 침대에서도 잠이 깨어 말했다.

아르헨티나 신부님

"비가 많이 오네요. 지금 멈추지 않으면 비행기가 활주로에 못
내릴 텐데……."
이곳 마을 활주로는 거의 대부분 비상식량과 약품, 긴급 환자
를 수송하기 위해 주민들이 만든 흙길이어서 비가 내리면 이
착륙이 어렵다.
비행사들은 비행할 때 목적지 가까이에 있는 군부대와 교신
하면서 기상 상태를 수시로 점검한다. 만약 착륙 서너 시간 전
에 비라도 내리면, 포기하고 돌아가야 한다. 진흙탕이 되어 버
린 활주로에 착륙한다는 것은, 죽음을 자초하는 일이기 때문
이다. 어떤 때는 착륙을 시도하다가 활주로에 염소 같은 동물
들이 있어 다시 이륙한 적도 있다.

학교 공사 현장에서 일하는 우루과이 신부님

우리는 걱정스러운 마음으로 새벽 미사에 참석한 후, 신부님들과 아침을 먹었다. 식사를 하다가도 계속 구름 덮인 하늘을 보는 나에게, 아르헨티나 신부님이 웃으며 말했다.

"오늘 떠나기는 어려울 것 같습니다. 며칠 더 우리와 함께 지내시죠!"

진흙탕에 빠진 비행기

비는 그쳤지만 활주로가 여전히 흠뻑 젖어 있어 비행기가 내리기 어려울 것 같았다. 해가 뜨고 적어도 두세 시간은 지나야 활주로가 굳어지기에, 마음은 이미 포기하고 있었다. 그런데 잠시 후, 우리의 염려를 비웃기나 하듯 비행기 소리가 들렸다. 모두 놀라 하늘을 보니 비행기 두 대가 보마 하늘을 빙글빙글 돌고 있었다. 한 대는 우리를 데리러 온 6인승 세스나였지만, 또 한 대는 제법 큰 중형 비행기였다.

"적십자 비행기가 온 것을 보니 응급 환자가 있나 보네요."

신부님이 조용히 말했다. 우리는 마시던 찻잔을 내려놓은 채 급히 짐을 챙겨 밖으로 달려 나갔다. 그 모습에 아르헨티나 신부님이 말했다.

"천천히 하셔도 됩니다. 제가 차로 모시고 가겠습니다."

이곳에서는 비행기 소리가 들리면, 짐을 가지고 활주로로 나가면 된다. 마침 아르헨티나 신부님도 우리 비행기로 로키초교에 간다며 랜드크루저로 우리를 활주로까지 데려다주었다. 캠프에서 활주로까지 자동차로 5분도 안 되는 거리였지만 중간에 개울이 있어서 꽤 멀게 느껴졌다.

우리가 활주로에 도착할 때까지도 두 대의 비행기는 계속 보마 상공을 선회하고 있었다. 두 대 모두 활주로 상황을 알 수 없어서 착륙을 망설이는 듯했다. 활주로에는 수백 명의 주민들이 나와서 초조하게 비행기를 쳐다보고 있었다. 10분 이상을 그렇게 망설인 끝에, 마침내 적십자 비행기가 먼저 착륙을 시도했다.

비행기는 여전히 젖어 있는 활주로에 황톳빛 물보라를 일으키며 위태로워 보이긴 했지만 무사히 착륙했다. 비행기 승무원으로는 조종사와 부조종사, 그리고 20대 후반으로 보이는 여자 간호사 한 명이 타고 있었다. 부조종사와 간호사는 치료가 끝난 환자와 응급 약품 상자들을 신속하게 내려 주고는, 침대에 실린 환자들 몇 명을 다시 태웠다. 단 몇 분 동안에 이 모든 일을 끝낸 비행기는 이륙하기 위해 활주로 끝으로 움직이기 시작했다. 그런데 방향을 돌리던 비행기가 갑자기 멈추더니 허우적댔다. 뒷바퀴가 진흙탕에 빠진 것이다.

거대한 비행기가 진흙탕에 빠져 버둥대는 것을 보려고 마을 사람들이 점점 많이 모여들었다. 비행기는 모든 동력을 다해 탈출을 시도했지만, 뒷바퀴는 더 깊이 빠져들어 갈 뿐이었다. 우리는 세스나가 내리지 못하면 케냐로 돌아갈 수 없기에 속 타는 심정으로 지켜보고 있었다.

마침내 조종사들 사이에 무슨 대화가 오갔는지, 세스나는 기수를 돌려 로키초교 방향으로 사라졌다. 이제 우리에게 남은 유일한 방법은 진흙탕에 빠진 비행기를 끌어내어 그걸 타고 돌아가는 길밖에 없었다. 마침내 조종사는 자력으로 빠져나오기를 포기했는지 엔진을 멈추고 조종석에서 나왔다. 우리는 조종사와 악수한 후 물었다.

"우리 세스나는 언제 다시 돌아옵니까?"

조종사 역시 답답한 듯 무심하게 대답했다.

"그쪽 스케줄은 알 수 없습니다. 단지 활주로 상황이 여의치 않으니 회항하는 것이 좋겠다고 권유했어요. 그리고 규정상 활주로에 문제가 있어 비행기가 이륙하지 못하면 다른 비행기도 착륙할 수 없습니다. 미안합니다."

우리는 어떻게든 돌아가야 했기에 일말의 기대를 가지고 부탁했다.

"저희를 로키초교로 데려다줄 수 없습니까?"

"여러분 상황은 이해되지만, 이 비행기는 규정상 적십자 요원이 아니면 탑승할 수 없습니다. 사고 보험에 가입되어 있지 않은 사람은 탈 수 없도록 되어 있습니다."

더 이상 부탁해 보아야 소용이 없었다.

"우리가 뭐 도와 드릴 수 있는 것은 없습니까?"

조종사는 우리의 도움을 부담스러워하는 것 같았다.

"염려하지 않아도 됩니다. 충분히 빠져나올 수 있습니다."

우리는 다시 숙소로 돌아가 시간을 보내고 있었다. 활주로에서는 가끔 비행기 엔진 소리가 요란하게 들리곤 했다. 이미 시간이 오후 1시를 넘어가고 있었다. 착륙한 지 다섯 시간이나 지났지만, 비행기는 수렁에서 나오지 못하고 있었다.

"이러다가 큰일 나겠네요. 내려가서 도울 방법을 찾아보는 것이 좋을 것 같은데요."

우리 제안에 두 분 신부님 모두 찬성했다.

"함께 내려가 봅시다."

더 이상 방치하면 오늘 안에 비행기는 떠날 수 없을 것이다. 전쟁 중인 마을에서는 비행기들이 밤을 새울 수 없도록 되어 있다. 가능한 지상에 머무는 시간은 짧게, 임무가 끝나면 바로 이륙해야 한다. 보마는 비교적 안전한 곳이지만, 어떤 동네는 탈출하려는 주민들의 공격 때문에 더러 사고가 나기도 한다.

다시 나이로비로

신부님과 함께 비행기가 있는 곳으로 다시 내려갔다. 조종사는 몹시 지쳐 있었는데, 마치 구세주를 만난 것처럼 반가워했다.

"도움이 필요합니까?"

"제발 도와주십시오. 상황이 갈수록 악화되고 있습니다."

비행기는 자동차와 달라서 프로펠러나 제트엔진 추진력으로 전방으로만 달릴 수 있다. 바퀴를 움직일 수 있는 엔진이 없어서 지금처럼 진흙탕에 빠지면 스스로 헤쳐 나올 수가 없다. 비행기 뒷바퀴가 아침보다 더 깊이 빠져 있었다. 우리는 마을 청년들을 불러 비행기 앞날개와 뒷날개를 들어 올리게 했다. 구경만 하던 200여 명의 주민들이 모두 비행기 날개 밑으로 모여들었다. 그러나 이들의 힘으로도 비행기는 꿈쩍도 하지 않았다.

"여기 있는 사람들만으로는 안 되겠네요. 랜드크루저로 앞에서 끌어당겨야 할 것 같습니다."

우리는 랜드크루저를 비행기 앞바퀴에 묶어서 끌어 보았지만, 비행기는 조금 요동만 할 뿐이었다.

"트럭도 와야 할 것 같습니다. 그리고 사람들도 더 많이 동원해 마지막으로 힘을 써 보는 길밖에 없습니다."

내 말에 신부님 두 분은 즉시 올라가서 사륜구동 트럭을 몰고왔고, 마을 청년들도 더 많이 와서 날개 밑에 섰다. 이렇게 해도 빠져나오지 못하면 포기해야 한다. 우리는 비행기 앞바퀴에 줄을 묶어 랜드크루저와 트럭으로 끌어당기고, 동시에 수백명의 주민들이 비행기 날개를 들어 올리는 작업을 반복했다. 시계는 이미 오후 3시를 넘어가고 있었다. 줄이 몇 번이나 끊어지는 우여곡절을 겪으며, 마침내 비행기가 수렁에서 빠져나왔다. 아프리카 전쟁터에서나 볼 수 있는 어이없는 광경이었다.

조종사가 우리에게 다가왔다.

"여러분들을 모시고 나와도 좋다는 허락을 받았습니다. AIM Air 비행 대장이 저희 대장에게 직접 요청했다고 합니다. 예전에 AIM Air 비행 대장이 저희 적십자 비행기를 구해 준 적이 있는데, 이번에 그 빚을 갚기로 했답니다."

우리는 땀에 젖은 몸을 씻을 틈도 없이 짐을 챙겨 적십자 비행기를 타고 떠났다. 덕분에 아르헨티나 신부님도 함께 나올 수 있었다. 비행기는 이웃 동네 포찰라에 잠깐 내려서 신속하게 약품을 던져 주고 로키초교로 향했다. 마치 전투기를 타고 있는 것 같았다. 함께 타고 있던 간호사에게 물었다.

"어느 나라에서 왔어요?"

"호주에서 왔습니다. 오늘 정말 고마웠습니다. 여러분 아니었으면 큰일 날 뻔했어요."

"뭘요. 그런데 언제부터 여기에서 일했죠?"

"2년 되었어요. 병원에서 함께 일하던 언니가 먼저 다녀오고 나서 저에게 추천했어요. 부모님도 적극 찬성하셨죠. 내년에 계약이 만료되는데 연장할까 생각 중이에요."

"위험한 상황은 없어요?"

"북수단 국경 근처에선 기관총 사격을 받기도 하지만 괜찮아요. 어렵긴 해도 보람이 커요."

아프리카에서 구호 활동을 하면서 이런 사람들을 종종 만난다. 한번은 폭우로 개울을 건너지 못하고 투르카나 벌판에서 떨고 있던 50대 영국 여자를 만난 적이 있다. 해 지는 벌판에 그냥 두고 떠날 수 없어서 위험을 무릅쓰고 도와주었다. 알고 보니 로키초교에 있는 적십자 병원 외과 의사였다. 이 병원은 수단 전쟁터에서 부상당한 환자를 위해 운영하는데, 세계 각국에서 모인 많은 자원봉사자들이 헌신적으로 환자들을 돕고 있었다.

마침내 우리를 태운 비행기가 해 저무는 로키초교 공항에 무사히 도착했다. 우리는 그곳에서 하루를 머문 다음 나이로비로 돌아왔다.

3장

하보나! 하보나!

토목 전문가와 함께

나이로비로 돌아온 우리는 서울 팀앤팀 사무실에 토목 전문
가를 찾아 달라고 요청했다. 일단 전문가와 함께 보마를 방문
해야 밑그림을 그릴 수 있을 것 같았기 때문이다. 하지만 적임
자를 찾는 게 쉽지 않았다. 몇 달 뒤, 잠시 귀국해서 백방으로
찾아보았지만 끝내 찾지 못했다. 낙심한 채 아프리카로 돌아
왔는데, 얼마 되지 않아 기쁜 소식이 들렸다. (주)한양토건의
현장 소장으로 계신 임동세 씨가 자원했다는 것이다.
"의미 있는 일이라 생각해서 지원했습니다."
임 소장의 말에 오히려 우리가 염려되어 상황을 설명해 주었
다.

"보마는 전쟁터입니다. 아무도 소장님의 생명을 보장할 수 없습니다."

"제가 이래 뵈도 해병대 출신입니다!"

사실 임 소장은 갈까 말까 망설이고 있었는데, 생명을 보장할 수 없다는 말에 오히려 오기가 생겨 결정했다고 한다. 그는 휴가를 내고 자비로 비행기 표를 끊어서 아프리카로 왔다.

마침내 2002년 1월 16일, 임 소장을 중심으로 11명의 현장 조사팀이 구성되었다. 의료팀도 참여했는데, 호주에서 가정의학 전문의 이일성 원장과 열두 살 된 아들 효원이도 날아왔다.

임 소장은 측량을 위해 GPS(Global Positioning System 위성위치 측정기)를 가지고 왔고, 이일성 원장은 진료에 필요한 각종 의약품을 잔뜩 챙겨 왔다. 우리는 부족민들의 말라리아 예방을 위해 모기장 500여 장을 특별히 준비해 갔다.

우리 팀이 보마에 도착하자 온 마을이 발칵 뒤집혔다. 약속대로 다시 왔을 뿐 아니라 토목 기사와 의사까지 동행했기 때문이다. 모든 주민이 비행장으로 나와 우리를 안아 주며 재회의 감격을 뜨겁게 표현해 주었다. 우리 역시 고향에 돌아온 것 같았다. 더 이상 보마가 낯선 부족이 아니라 친가족처럼 느껴졌다. 나는 환영해 주는 마을 원로들에게 재회의 기쁨을 진솔하게 표현했다.

"한순간도 보마를 잊은 적이 없습니다. 모두들 보고 싶었습니다."

특히 호주에서 의사 선생님이 어린 아들까지 함께 데리고 왔다는 사실에 주민들은 깊은 감동을 받은 것 같았다.

"정말 약속을 지켰군요!"

"어떻게 이 위험한 곳에 어린 아들까지 데리고 올 수가 있을까?"

"토목 기사가 머나먼 한국에서 직접 왔다며?"

"오늘 오후부터 치료를 시작한다는 게 사실인가?"

다시 온다는 약속을 지킨 것만으로도 이들을 감격시키기에 충분했다. 우리 또한 이들이 기뻐하는 모습에 깊은 보람을 느꼈다. 우리는 내전이 일어나기 전에 유럽 의료 NGO가 쓰던 진료소에 베이스캠프를 설치했다. 그곳에는 5천 평이 넘는 땅에 폐가처럼 버려진 건물 몇 채가 있었다. 우선 간단히 짐을 정리한 후, 다들 모여 전반적인 활동 계획을 세웠다.

우선 임 소장을 중심으로 수자원팀을 구성하고, 이 원장을 주축으로 의료봉사팀을 만들었다. 그리고 스테판을 중심으로 지도자 교육팀도 꾸렸다. 의료 진료는 오후부터 시작했는데, 이를 위해 건물 한 채를 서둘러 보수했다.

샘을 찾아라

이번 공사를 무사히 잘 해낸다면 보마 주민들에게 새로운 삶이 열릴 것이다. 이번에는 식수 문제로 왔지만, 주택 개조와 위생 문제도 시급했다. 화장실도 개선해야 하고 수인성 질병을 퇴치하기 위해 마을 방역도 해야 하고 앞으로 넘어야 할 산은 높고도 험난했다. 그 과정에서 가장 중요한 것은, 주민들 스스로 이모든 일의 주인이 되게 하는 것이다. 교육을 통해 지속적으로 계몽하면서 인내를 가지고 이들과 함께 걸어가야 한다.

"가까운 산에 마르지 않는 샘은 없습니까?"

임 소장은 과연 전문가답게 마을 원로들에게 자문을 구하기 시작했다.

"뒷산 정상에 마르지 않는 샘이 두 개 있습니다. 이 샘물이 계곡을 타고 흘러내려 오다가, 마을 상류 6km 지점에서 땅속으로 들어갑니다. 마을이 생기고 지금까지 계곡 상류 물이 완전히 마른 적이 단 한 번도 없었습니다. 물론 건기가 길어지면 상류의 물도 눈에 띄게 줄어들긴 합니다."

마을 원로들은 알고 있는 사실들을 모두 상세하게 이야기해 주었다.

"산속에 흐르는 물은 언제부터 마르기 시작합니까?"

"어느 위치에서부터 물이 사라집니까?"

"우기에는 어디에 어느 정도의 물이 흐릅니까?"

기록된 자료가 없는 이곳에서 임 소장이 얻을 수 있는 유일한 정보는 마을 주민들의 경험이었다.

다음 날 아침, 수자원 조사팀은 정보를 확인하기 위해 산 정상을 향해 출발했다.

"샘물 원천에서 흘러나오는 수량을 측정해야 합니다."

임 소장은 오늘 해야 하는 중요한 임무를 설명해 주었다.

"이 젊은이를 데리고 가십시오. 통역과 안전을 위해 필요할 겁니다."

가축 떼를 지키는 무장한 목자

케네디 장군이 한 청년을 붙여 주었다. 산속에서 길을 잃을 수도 있고, 다른 부족들이 공격할 수도 있다는 이유에서였다. 산으로 가는 길에 가축 떼들을 돌보는 목자들을 만났는데, 모두 총을 가지고 있었다. 이들은 가축을 지키는 것뿐만 아니라 부족 사이에 전쟁이 일어나면 모두 즉시 전투병으로 참여한다.

보마 인근에 토포사라는 사나운 부족이 살고 있어서 수시로 가축들을 강탈해 간다. 인구 10만 명 정도의 토포사 부족은, 에티오피아와 케냐 국경 투르카나 근처에서 흘러들어 왔다. 그들은 사냥과 유목 생활을 하는데, 일정한 주거지도 없이 물과 목초지를 따라 옮겨 다닌다. 평소에는 주변 부족과 평화롭게 지내지만, 주기적으로 다른 부족의 가축을 약탈하곤 해서 골칫거리가 되고 있었다. 우리가 머무는 중에도 더러 한밤중에 총소리가 나곤 했는데, 다음 날에는 어김없이 누군가가 죽고 가축을 잃어버렸다는 소식이 들리곤 했다.

"저희 아버지도 들에서 일하다가 누군가 멀리서 쏜 총을 맞아 그 자리에서 돌아가셨어요."

안내하는 청년의 말이었다. 오랜 전쟁으로 합법 정부가 사라진 이곳에는, 원시사회의 약육강식 논리가 여전히 지배하고 있었다.

우리는 해가 뜨기 전에 산을 타야 했기에, 각자 물통을 챙겨 새벽에 길을 떠났다. 이곳에서는 한순간도 물통을 손에서 놓을 수가 없다. 체내 수분이 끝없이 땀으로 배출되기 때문에 계속 물을 마셔야 견딜 수 있다. 어떤 날은 하루 종일 소변을 볼 필요가 없을 정도로 땀을 흘린다.

한 시간을 걸어 드디어 산 아래에 도착했다. 없는 길을 만들며 올라가자니 다들 벌써 온몸이 땀으로 흠뻑 젖었다. 얼마쯤 갔을까? 어디선가 물 흐르는 소리가 희미하게 들리기 시작했다. 잠시 후, 누군가 외쳤다.

"물소리다!"

우리는 누가 먼저랄 것도 없이 계곡 사이로 달려 내려갔다. 정말이지, 조용한 산속에 흐르는 물소리는 마치 아름다운 새소리처럼 반가웠다.

"와! 물이다!"

우리는 누가 먼저랄 것도 없이 소리쳤다. 어찌나 맑고 깨끗한지, 우리는 잠시 넋을 잃었다. 그리고 정신없이 웃통을 벗어 던지고, 맨발로 물속으로 뛰어들었다.

"아니, 맑고 깨끗한 물이 어쩌면 이렇게 많이 흐르죠? 이 정도 수량이면 온 마을에 충분히 공급하고도 남아요! 이곳에서 마을까지 파이프로 연결하는 일은 그리 어려운 일이 아니에요."

임 소장은 물을 보며 흥분했다. 그 말에 우리 모두 감격했다.

물이 없어 고통당하는 보마 주민들을 돕고자 무작정 일을 시
작했지만, 정말 가능한 일인지 궁금했고 두렵기까지 했다.

사실, 케냐에서 지하수를 개발할 때도 정말 가슴 아픈 일들이
많았다. 장비를 가지고 마을로 들어가면 온 마을이 흥분의 도
가니가 된다. 사람뿐 아니라 가축들까지도 공사 현장을 떠나
지 않는다. 이들에게는 일생일대의 큰 사건이었다. 하지만 우
리가 가진 장비로는 할 수 없거나, 지하에 물이 없어 실패하고
돌아 나올 때 이들의 실망한 눈빛은 우리 가슴에 피멍이 들
정도로 아프게 다가온다.

"다시 오시는 거지요?"

"꼭 다시 오셔야 합니다!"

울면서 애걸하는 주민들에게 반드시 돌아오겠다고 약속은 하지만, 그 고통스러운 마음은 어디에서도 치유할 길이 없다. 지난해 로코리에서도 도중에 포기하고 떠날 수밖에 없었는데, 한밤중에 카펭구리아산을 넘었다. 그날따라 왜 그리 비는 쏟아지는지……. 경호해 주는 경찰에게 자리를 양보하고, 트럭 적재함에 앉아서 비를 맞으며 나는 눈물로 다짐했다.

'다시는 장비나 경험 부족으로 이들의 가슴을 아프게 하지 않으리라!'

이번 일에 전문가를 모신 것도, 그때의 아픈 경험을 반복하고 싶지 않아서였다. 임 소장의 긍정적인 평가는 불안해하던 우리에게 큰 힘이 되었다.

"고맙습니다!"

특정한 대상에게 고맙다고 한 게 아니었다. 구체적 대상도 없이, 그저 마음 깊은 곳에 고마움으로 가득했다.

"보잘것없는 우리 발걸음이 죽어 가는 부족을 살려 낼 수 있다니……."

사람을 살릴 수 있다는 한 가지만으로 우리의 수고는 아무것도 아니었다. 이곳에서 죽어 가는 사람들이 우리의 사랑하는 가족이라면 이들을 어떻게 방치할 수 있겠는가.

하보나! 하보나!

우리가 발견한 샘에는 물이 많았다. 하지만 건기가 시작되는 12월이 되면, 하류에서부터 물이 마르기 시작한다. 위성위치측정기 GPS는 이곳이 마을보다 약 200m 높다고 보여 주는데, 이 고도라면 계곡에 설치한 집수조에서 중력으로 마을에 물을 공급하는 것은 충분하다. 무엇보다 집수조 설치가 중요한데 가뭄에도 물이 마르지 않아야 하고, 가축 떼가 들어올 수 없어야 한다. 집수조는 계곡물을 모으기 위한 작은 콘크리트 댐인데, 뚜껑을 덮어서 나뭇잎이나 먼지로부터 보호해야 한다. 특히 야생동물이나 가축 떼의 접근을 막아야 하는데, 물 먹으러 온 짐승이 빠져 죽어서 물을 오염시킬 수 있기 때문이다.

우리는 먼저 윗마을(Upper Boma)에 있는 샘물의 근원을 찾아보기로 했다. 물이 얼마나 나오는지 정확하게 측정할 필요가 있기 때문이다. 다시 산 정상을 향해 가파른 산을 몇 시간이나 더 올라갔는지 기억도 나지 않는다. 그저 앞사람 발뒤꿈치만 보면서 전진하다 보니, 어느새 집들이 몇 채 보이기 시작했다. 얼마나 반가웠는지 우리는 사람들에게 부족 말로 인사했다.

"하보나(안녕하세요)!"

이들은 문명과 철저히 단절된 생활을 하고 있었다. 처음에는 경계심을 보였지만, 안내하는 청년과 몇 마디 이야기를 나누고 나서는 마음을 열고 환영해 주었다. 같은 보마 사람들이지만, 아랫마을에 비해 문명의 혜택에서 많이 뒤떨어져 있었다. 물론 그만큼 더 순수하다는 의미이기도 하다.

아이들은 처음 보는 외국인들을 두려워하다가 시간이 지나자 조금씩 가까이 다가왔다. 어떤 아이는 고유의 악기로 가락을 연주하기도 하고, 무뎌진 칼을 갈아 달라고 부탁하기도 했다. 악기는 스스로 만든 것 같았는데 제법 소리가 아름다웠다.

그리 넓지 않은 산 정상에는 열 가구쯤 살고 있었다. 틀림없이 한 가족일 것이다. 아프리카 사람들은 대개 가족 단위로 촌락을 이루어 산다. 보통 스무 채에서 서른 채 남짓한 집들이 무리 지어 있는데, 가축도 개인 소유라기보다 가족 전체의 공동 재산이랄 수 있다.

이들은 야생동물과 이웃 부족들로부터 생명과 재산을 지키기 위해 씨족 생활을 한다. 자연히 모든 가치관이 공동체 중심으로 형성되어 있다. 이들에게 가장 무서운 형벌은, 다른 게 아니라 공동체에서 추방당하는 것이다. 공동체에서 추방당한 사람은 아무도 보호해 주지 않는 험한 밀림에서 결국 죽음을 맞게 된다.

이들에게는 문명사회에서 흔한 '경쟁'이 존재하지 않는다. 어느 서양인 교사가 원주민 아이들을 가르치면서 문제를 냈다.

"너희 가운데 이 문제를 가장 먼저 맞히는 학생에게 선물을 줄게."

아이들이 열심히 문제를 풀더니, 잠시 후 이해할 수 없는 상황이 벌어졌다. 아이들이 모여 수군대더니 모든 학생이 동시에 손을 들지 않는가.

"선생님, 다 풀었어요!"

"……."

알고 보니, 아이들이 답을 서로 비교한 후 틀린 아이들에게 정답을 가르쳐 주고 동시에 손을 든 것이다. 어느 누구도 무리에서 낙오되는 것을 허락할 수 없었고, 혼자 앞서는 것 또한 별 의미가 없었다. 이들은 경쟁이 아니라 뛰어난 이가 부족한 이를 보살피고, 강한 자가 연약한 자를 지켜 주는 가족 공동체의 일원으로 살아왔다. 이들은 우리가 가늠할 수 없을 만큼 영혼 깊은 곳에서 하나로 연결된 삶을 공유하고 있다. 아프리카의 어떤 부족은 친밀감이 얼마나 깊은지, 외국에 떨어져 있어도 고향에 있는 가족의 아픔을 동시에 느낄 수 있을 정도라고 한다.

우리는 이들과 함께 정상에서 10m 정도 계곡으로 내려가 샘물 근원을 찾아냈다. 두 개의 샘물에서 맑은 물이 끝없이 솟아오르고 있었고, 바로 그곳에서 계곡이 시작되었다. 샘 둘레에는 바나나를 비롯해 망고 같은 과일 나무들이 빽빽하게 자라고 있었다. 이 샘들은 아무리 심한 가뭄에도 마른 적이 없었다고 했다. 신비감마저 느껴졌는데, 오묘한 생명의 근원을 보는 것 같았다.

"이곳 산 정상 샘물은 그냥 두고 올라오던 길에 봐 두었던 산 중턱에 집수조를 만드는 게 좋겠습니다. 샘에서 물이 많이 나오지는 않지만, 마르지 않는 것만으로도 큰 소득입니다. 게다가 울창한 계곡의 나무뿌리에서 나오는 수량 역시 무시 못 할 것 같습니다."

임 소장의 최종 결론이었다. 탐사는 일단 성공적이었다.

이제는 집수조와 집수조에서 보내 주는 물을 받아 주민들에게 공급하는 물탱크를 어디에 만들지 결정하는 것만 남았다. 모두들 하산하기 시작했다. 이제부터는 공사를 위해 구체적인 준비를 해야 한다. 먼저 설계도를 만들어야 하고, 설계도에 따라 공사를 이끌어 갈 기술진이 필요하다. 무엇보다 이 모든 것을 지원할 수 있는 자금을 마련해야 한다.

내 마음은 이미 마을 주민들 앞에 계곡물이 쏟아지는 광경을 보고 있었다. 비록 지금 가진 것은 아무것도 없지만, 이 일은 반드시 이루어지리라는 확신이 들었다.

'순수하게 세상을 축복하며, 식지 않는 열정으로 달린다면 불가능한 것은 없다!'

이는 팀앤팀 공동체의 신조다. 우리는 이 신조를 따라 계속 도전할 것이며, 순수하고 강렬한 발걸음을 결코 멈추지 않을 것이다. 산을 내려오는 내내 발걸음이 가벼웠다. 우리는 붉은 노을을 뒤로하고 개선장군처럼 캠프로 돌아왔다. 베이스캠프에서는 저녁 식사를 준비해 놓고 기다리고 있었다. 우리가 나타나자 마치 몇 년 만에 만나는 사람들처럼 야단법석이었다. 이미 서로 깊이 친해진 가족 같은 모습이었다. 모두들 서로 안아주며 물었다.

"샘 근원은 찾았어요?"

"물은 충분해요?"

"의료팀 병원 진료는 어땠어요?"

"가지고 온 약으로 충분했어요?"

"지도자 세미나는 어땠어요?"

"사람들이 많이 왔어요?"

온갖 질문들이 홍수처럼 쏟아졌다.

저녁 식사 후, 수자원팀의 구체적인 보고를 들으며 사람들은 감사의 환호성을 질렀다. 이번 방문의 가장 중요한 목적이 바

로 그 일이었기 때문이다. 이어서 이일성 원장님이 의료봉사
활동에 대해 보고했다.

"마을에 널리 퍼져 있는 질병을 몰라서 약품을 충분히 가지
고 오지 못해 너무 아쉽습니다. 가장 많은 질병이 비뇨기 관련
병인데, 사전 정보가 없어 약품을 못 가지고 왔어요. 약품만
있어도 대부분 완치가 가능한데……."

이일성 원장의 말에는 안타까움이 절절히 배여 있었다.

"아이 한 명에 10달러 정도 드는 예방접종만 해도 소아마비를
예방할 수 있습니다. 그런데 그 예방접종은 5년에 걸쳐 시행해
야 하고, 약품을 보관할 냉장고도 전기도 없으니……. 게다가
의과대학에서 배우기만 하고 실제로 본 적 없는 한센병 환자
가 오늘 왔어요. 이 병은 선진국에서는 이미 사라진 병인데 말
이죠."

"……."

가슴 아픈 현실을 듣고 있자니 우리 가슴이 먹먹했다.

"아프리카에서는 간단한 외상도 방치하면 파상풍이 됩니다.
목숨을 잃을 수도 있어요. 선진국에서는 병도 아닌 것들로 죽
어 가는 모습을 보니 가슴이 너무 아팠습니다. 도저히 징그러
워 볼 수도 없는 심각한 피부병도, 테라마이신 연고나 후시딘
같은 약만으로도 완치될 수 있어요. 이들은 약에 대한 내성이

없어서 약 효과가 거의 기적 같아요."

안타까움과 아쉬움이 가득한 보고였다.

나중에 들어 보니, 이 원장의 아들 효원이는 죽을 쑤어 환자들에게 먹여 주며 아빠의 진료를 열심히 도왔다고 한다. 다들 어린 효원이를 칭찬했다.

에버하르트 박사

그날 밤 귀한 손님이 우리 숙소를 찾아왔다. 독일 생물학자 에버하르트라고 자신을 소개했는데, 보마 식수 프로젝트 소식을

체체파리를 보여 주는 에버하르트 박사

듣고 투르카나에서 왔다고 했다. 박사는 20대에 아프리카에 와서 30여 년 동안 AMREF(The African Medical and Research Foundation)라는 의료 NGO에서 일하고 있다. 이곳에서 온갖 병원균을 연구하며 살고 있는데, 슈바이처에 빗댈 수 있는 친구였다. 여태껏 총각으로 살다가 한 해 전에 케냐 아가씨와 결혼해 로키초교에서 살고 있었다.

AMREF는 1957년 세 명의 외과 의사가 동부 아프리카에서 응급 환자를 위해 소형 비행기를 이용해 진료를 한 데서 시작되었다. 현재 30여 국가에서 응급치료에 대한 훈련과 컨설팅을 하고 있다. 이들은 Flying Doctor(날아다니는 의사들) 프로그램을 통해, 응급 환자가 기다리는 곳이면 어디든지 의료진과 함께 비행기를 보내 준다.

에버하르트 박사는 조수와 함께 초음파 장비로 몸속 기생충을 찾아 주고 있었다. 초음파를 통해 보이는 기생충이 얼마나 큰지, 거의 성인 손바닥만 했다.

"이 기생충은 오염된 물이나 불결한 위생 시설을 통해 인체로 들어옵니다. 아이들 내장에 기생하면서 영양분을 빨아 먹고 살죠. 아이들 배가 풍선처럼 부어 있는 경우 이 기생충이 원인일 가능성이 높아요. 물론 극심한 굶주림으로 내장을 지탱하는 힘줄이 이완되어 나타날 수도 있고요."

기생충을 향한 그의 분노는 영락없이 자식을 걱정하는 부모의 모습이었다. 박사는 조수에게 초음파 검사 작업을 맡기고, 우리 수자원팀과 함께 계속 같이 다녔다. 낡은 랜드로버로 먼 길을 찾아온 박사는 우리가 공사를 빨리 시작할 수 있기를 간절히 바랐다. 이들의 고통을 30년 동안 보아 온 그의 눈에 우리 프로젝트는 가뭄 끝에 내리는 단비 같았으리라.

박사는 개울 주변에서 체체파리를 잡아 보여 주며, 물리면 사람도 동물도 잠들어 죽는다며 경고해 주었다. 우리 팀과 친해진 박사는 이렇게 말하며 우리 대원들을 격려해 주었다.

"믿음을 삶으로 실천하는 사람들을 만났군요."

에버하르트 박사!

고통당하는 이웃을 위해 이렇게 조건 없이 자신의 삶을 바치는 사람들이 있어서 지구촌의 아픔이 치유된다.

참다운 생명

다음 날, 임 소장을 비롯한 측량팀은 아침 일찍 다시 계곡을 향해 출발했다. 오늘 해야 할 가장 중요한 일은 집수조를 만들기에 알맞은 곳 다섯 군데를 골라서 위성위치측정기로 위치와 고도를 측량하고, 마을까지 연결할 파이프를 구입하기 위해 거리를 정확하게 측정하는 일이다. 이 작업은 설계도를 만드는 데 가장 중요한 일이며 필요한 재정과 인력은 설계도를 바탕으로 준비하면 될 것이다.

계획했던 일을 다 마치고 찌는 더위에 발걸음을 재촉해서 베이스로 돌아오는데, 옆에서 걷던 임 소장이 갑자기 흐느끼기 시작했다. 아무리 힘들어도 늘 밝고 즐거운 분이었기에 모두 당황해서 걸음이 느려졌다.

잠시 후 내가 조심스럽게 물었다.

"많이 힘드세요?"

"아니에요, 지나온 제 인생이 안타까워서 그래요."

"……."

"여러분들은 아무 연고도 없는 아프리카를 위해 이렇게 고생하는데, 저는 제 자신과 가족 말고는 마음을 써 본 적이 없어요. 참 부끄럽습니다."

임 소장의 진솔한 고백이 우리를 숙연하게 만들었다.

그날 저녁 우리는 각자가 달려온 지난 나날을 되돌아보는 귀한 시간을 함께 가졌다.

누구나 예외 없이 어느 날 삶을 마감한다.

평생 움켜잡은 모든 것을 두고 홀연히 떠나야 한다.

진정 가치 있는 삶은 어떤 모습일까?

살면서 소유하려고 애쓴 어떤 것으로도 온전한 행복을 얻을 수 없다.

하지만 아낌없이 나누는 마음은 때론 힘들어도 우리 영혼을 만족시킨다.

마지막 날, 육신을 벗어난 영혼은 그 만족감을 행복으로 느끼며 영원한 길을 홀가분하게 떠날 수 있으리라.

삶이란, 존재 그 자체로 의미 있고 아름답다.

어느 날 우리에게 들어와 현존하는 삶이 가능하도록 하며,

육신이 죽는 날 홀연히 떠나는 신비한 존재가 바로 생명이다.

돈으로 살 수 없고 인간의 지혜로도 만들 수 없는 생명…….

이것은 어디에서 왔으며, 어디로 가는 것일까?

육체는 죽어 흙으로 돌아가지만,

이 생명은 영원히 존재한다고 성현들은 가르쳐 왔다.

썩어 없어질 육체의 만족을 위해 살기보다

영원한 생명을 만족시키는 삶을 살아야 할 것이다.

곧 다시 만납시다!

보마에서는 마실 물을 구하기 위해 치열한 생존 투쟁을 해야
한다. 우리가 방문한 기간이 건기라 적게나마 고이던 지하수
도 점차 말라 가고 있었다. 주민들은 20리터들이 물 한 통을
받기 위해 수동 펌프 앞에서 평균 네 시간을 기다려야 한다.
수동 펌프 한 대로 감당할 수 있는 적정 인원이 300~500명인
데, 마을에는 겨우 두 대의 펌프만 작동되고 있었다. 주민 만
여 명의 생명이 펌프 두 대에 달려 있는 것이다. 이런 어려운
여건 속에서도 주민들은 우리에게 날마다 씻을 물을 공급해
주었다. 음식은 미리 준비해 갔지만, 사실 식수와 씻을 물을 조
달하는 일은 쉽지 않았다.

아프리카 대부분 지역은, 수동 펌프 한 대에 평균 1,500명에서
3,000여 명의 사람들이 의존해 산다. 예전에 방문했던 남부 수
단 예이에서는 5천 명이 수동 펌프 하나에 의지해 살고 있었
다. 그러다 펌프가 고장이라도 나면 그야말로 물 전쟁이 일어
난다. 300~500명이 쓸 수 있는 펌프를 5천 명이 사용하니 쉽
게 고장이 날 수밖에 없다. 어느 날 갑자기 마실 물이 사라지
면 주민들은 이동하기 시작한다. 그러나 물을 찾아간 이웃 마

을 역시 얼마 안 되는 물에 기대 겨우 목숨을 지탱하고 있으니 이들을 받아들일 수 없다. 당연히 두 부족 사이에 양보할 수 없는 전쟁이 일어나게 된다. 팀앤팀은 지난 20년 동안 아프리카에서 600공에 가까운 지하수를 굴착했고 수동 펌프, 전기 구동 펌프, 태양열 펌프 시설을 만들고 있다.

현재 아프리카 전역의 수동 펌프 가운데 절반 이상이 고장으로 방치되어 있는 실정이다. 대부분 패킹만 바꿔 주면 바로 쓸 수 있다. 그러나 지하 50~60m 물속에 있는 피스톤과 실린더를 꺼내어 수리할 수 있는 기능을 가진 원주민 공동체는 극소수에 불과하다. 수리를 하려면 기술자가 필요하고, 특수 장비가 있어야 한다. 무엇보다 이들에게는 부품을 살 돈이 없다.

팀앤팀 펌프 수리 전담반은 그동안 아프리카에서 2,000개 이상의 펌프를 수리하고 고장으로 버려진 관정을 보수했다. 또한 마을 주민들이 스스로 펌프를 수리할 수 있도록 젊은이들을 선발해서 교육하고 기본 장비를 제공하는 펌프맨 프로그램을 운영하고 있다. 물 때문에 생기는 심각한 질병으로부터 보호하기 위해 보건 위생 교육도 오랫동안 꾸준히 해 오고 있다. 앞으로 더 많은 수리팀이 만들어져야 할 것이다.

우리가 보마를 떠나기 전날이었다.

케네디 장군은 가난한 마을 살림에도 염소 한 마리를 잡아 고마운 마음을 표현해 주었다. 원로들과 함께 마당에서 불을 피워 염소 고기를 구워 먹으며 이별을 아쉬워했다. 그동안 마을을 대표해서 우리를 보살펴 준 프란시스 로쿠르냥은 특히 섭섭해했다.

프란시스는 전쟁 전에 의학 공부를 했다고 한다. 아버지가 의사였기에 자연스럽게 의료인의 길로 들어섰는데, 전쟁으로 학업을 계속하지 못했다. 그는 현역 육군 중령으로 마을 보건 의료 분야를 책임지고 있었다. 그는 전쟁 중 입은 총상으로 다리를 절고 있었는데, 부상의 흔적을 보니 살아 있다는 자체가 기적이라고 느껴질 정도였다.

프란시스가 식사를 하다 내게 물었다.

"필요한 정보는 다 얻었습니까?"

"현장 조사는 충분한 것 같습니다만, 이 지역에 대한 전반적인 자료가 없어서 사업 계획서를 만들 때 어려움을 겪을 것 같습니다."

사실 우리나라 같으면 동사무소에만 가도 쉽게 구할 수 있는 자료들이었다. 잠시 후, 프란시스가 문득 생각난 듯이 말했다.

"제게 좋은 자료가 하나 있는데, 도움이 되면 좋겠습니다."

프란시스는 잠시 뒤 책자 하나를 가지고 왔다.

"예전에 이곳에서 병원을 운영하던 유럽 NGO가 만들어 놓은 사업 계획서입니다. 아마 필요한 정보가 들어 있을 것 같습니다."

뜻밖에도 서류에는 애타게 찾던 이 지역 보건 위생 자료뿐만 아니라 지리적 특성과 환경에 관한 정보가 많이 들어 있었다.

"아니 어떻게 이런 서류를 가지고 있었습니까? 필요한 모든 정보가 들어 있네요."

내심 프란시스가 얼마나 고마웠는지 모른다.

"마을에 전기가 없어서 복사를 할 수 없습니다. 나이로비에 가지고 가서 복사한 뒤 돌려 드리면 안 되겠습니까?"

"……."

프란시스가 잠시 망설이다가 어렵사리 허락해 주었다.

"그런데 반드시, 그리고 빨리 돌려주셔야 합니다."

마침내 아침이 되었고 우리 팀을 태우기 위해 비행기가 왔다. 그런데 약속된 15인승 카라반이 아니라 6인승 세스나였다. 조종사 차드는 비행기 정비에 문제가 생겨 어쩔 수 없이 두 번에 나누어 가야 한다며 미안해했다. 전쟁 중이라 위험한 이곳에서 이렇게라도 배려해 주니 고마울 따름이었다. 결국 우리는 두 팀으로 나누어 나이로비로 돌아갔다. 드디어 세스나는 나이로비 상공으로 들어섰다. 윌슨 공항에 내린 우리는, 조종사

나이로비 윌슨 공항

차드와 아쉬운 작별을 했다.

"See you again soon, Safe journey!"

팀원들은 나이로비에 도착하자마자 얼음물부터 마시고 싶어
했다. 수단에서 이 시원한 물을 얼마나 그리워했는지…….

모두들 흡사 동화의 나라에라도 다녀온 것 같다고 했다. 아침
에 떠난 보마가 과연 현실 속에 존재했는지 혼돈된다며, 오히
려 나이로비를 낯설어했다. 겨우 한 주 동안 그곳에 머물렀는
데, 마치 몇 년을 지내다 온 것 같았다.

문득 처음 투르카나를 다녀왔을 때가 생각났다. 그때 나는 음
식을 잘 먹지 못했다. 굶주린 이들의 모습이 떠올라 마음이 아
팠기 때문이다. 오죽하면 배가 고프지 않은데도 습관적으로

먹는 것은 죄악이라는 생각이 들 정도였다.

뜨거운 날씨에 마시는 한 잔의 시원한 생수!

그것은 메마르고 갈라진 영혼을 어루만져 주시는 조물주의 따뜻한 손길과도 같았다. 우리네 인생도 세상의 그늘진 곳을 그렇게 어루만지며 함께 살아가면 좋겠다. 누구나 그런 모습으로 세상에 머물다 떠날 수 있기를 기대해 본다.

4장

지구촌의 양심

보마, 설계도에 담기다!

보마에서 돌아온 팀원들은 차례차례 아프리카를 떠났다. 이일성 원장과 아들 효원이는 시드니로, 임 소장과 김태현 기술자문위원은 한국으로 갔다. 임 소장과 김태현 자문위원은 귀국 즉시 측량 자료를 바탕으로 설계를 도와줄 사람들을 물색하기 시작할 것이다. 나이로비에 남은 우리들은 머리를 맞대고 사업 계획서를 만들기 시작했다. 답사에서 얻은 여러 가지 요소들을 고려했다.

- 남부 수단의 정치, 역사, 군사적 상황
- 지리적인 환경과 주민들의 생활환경

- 식량 보급, 식수 공급, 보건 의료 시설 들의 피해 상황
- 나이로비에서 보마까지의 물자 수송 계획
- 상세한 공사 설계도
- 사업 완성 기간과 필요한 인력 동원 계획
- 사후 관리 시스템
- 필요한 자금과 자금 사용에 대한 상세 계획서
- 마을 주민들에게 주어지는 구체적인 혜택

서서히 전반적인 사업 계획서가 완성되어 갔다. 그런데 가장 난감한 것이 물자를 운반하는 일이었다. 많은 물자와 장비를 서울과 나이로비에서 보마까지 옮겨야 했다. 계곡에서 마을까지 연결할 파이프와 물탱크를 나이로비에서 수송하는 데, 최소 15톤 트럭 다섯 대는 필요할 것 같았다. 12월 초 도로가 건조해지는 즉시 물자가 들어가서 이듬해 우기가 시작되는 3월 중순에 공사가 끝나야 한다. 필요한 때에 우리 기술팀들을 실어다 줄 경비행기를 찾는 것도 사업 성공에 중요한 관건이었다. 공사 중 말라리아나 장티푸스에 감염되는 팀원을 긴급하게 수송하는 일은 생명과 직결되는 중요한 문제다. 무엇보다 전쟁을 치르고 있는 지역이라는 게 가장 불안했다. 만약 트럭한 대라도 수단 국경 안에서 고장이 나면 공사는 물거품이 되

고 만다. 그 트럭을 구해 낼 방법이 없기 때문이다.

비로소 왜 스위스 정부가 포기할 수밖에 없었는지 이해가 되었다. 경험이 많은 단체일수록 사고에 대한 대책 없이 일을 시작하지 않는다. 몇 번이고 포기할까도 생각했다. 충분한 자금이 마련된다 해도 이 사업은 정말 어려운 일이었다.

숱한 고민을 하면서 마침내 완성된 1차 사업 계획서를 가지고 한국으로 귀국했다. 그리고 2002년 가을, 임 소장이 소개한 설계 사무실에서 훌륭한 도면을 만들어 주었다. 이제 필요한 것은 3억 이상의 공사 자금이었다. 하루하루 고통당하는 보마 주민들을 생각하면 잠을 이룰 수 없었지만, 자금을 구할 길이 도무지 보이지 않았다.

이라크를 구하라

여러 가지 방법을 동원해 애를 쓰고 있었지만 보마 공사에 필요한 자금을 모으는 일은 쉽지 않았다. 우리는 보마를 위한 모금은 서울 사무실에 맡기고, 케냐의 가리사와 투르카나 지역에서 꾸준히 지하수 개발 사업을 진행하고 있었다. 당시 나는 국제기구 요청으로 탈레반과의 전쟁이 끝난 아프가니스탄에서 수자원 조사를 마치고 막 귀환했다. 전후 복구 사업에서 무엇보다 절실한 식수를 개발하기 위해 북부 쿤드즈에서 힌두쿠시산맥을 넘어 수도 카불까지 이어진 현지 탐사는 힘든 일이었다. 짧은 전쟁 기간에 도로를 비롯한 모든 기간 시설이 완전히 부서져 폐허가 되어 버린 나라를 보는 것만으로도 마음이 녹아내렸다. 하지만 이 마음이 아물기도 전에 가까운 중동 지역에 또 하나의 전쟁이 일어났다. 2003년 3월 20일 미국과 영국이 대량 살상 무기를 핑계로 이라크를 공습한 것이다. 대부분 전쟁이 그렇듯이 공습이 시작되면 가장 먼저 전기와 수도 같은 사회 기반 시설부터 파괴한다. 물과 전기가 끊어지면 민심이 동요하게 되니까 쉽게 항복을 받아 낼 수 있기 때문이다. 이라크는 1991년 이전에 전국토의 대부분 지역에 현대식 식수 공급 시설을 갖추었다. 당시 도시의 95%, 산간벽지에도 75% 가까이 상수도 시설이 되어 있었는데, 이는 막강한 석유 자본을 바탕으로 사담 후세인이 이룩해 놓은 업적이었다. 그러나 1차 이라크전쟁이 발발한 1991년에 대부분의 시설이 공습으로 파괴되었다. 더구나 그때 파괴된 시설이 제대로 복구도 안 된 상태에서 다시 2차 전쟁이 일어났다. 이번 공습으로 그나마 가동되던 전기와 수도 시설 대부분이 파괴될 것이 분명했다. 당시 국제사회는 이번 전쟁으로 100만 명 이상이 사망하고,

400만 명 이상의 난민이 생길 것으로 예상하고 있었다.

유엔은 곧바로 요르단 수도 암만에 본부를 설치하고 이라크 긴급구호 사업을 시작했다. 요르단과 이라크 국경에 난민촌을 건설하고, 파괴된 식수 공급 시설을 복구하기 위한 대책 모임을 열었다. 유엔의 식수 공급 프로그램은 어린이를 돕는 유니세프가 주관한다. 식수 부족이나 오염으로 인한 피해는 언제 어디서나 아이들이 가장 먼저 당하기 때문이다. 곧 유엔과 NGO가 참여하는 수자원 긴급구호팀이 결성되었고, 책임자로 지질학 박사 폴 셜락이 임명되었다. 사업 자금과 행정 지원은 암만에 있는 유니세프 중동·북아프리카 사무실이 맡았다. 유엔 식수긴급구호팀은 곧바로 유엔과 NGO 연합 모임을 암만에서 열었다.

당시 나는 남수단 보마 사업 준비를 케냐팀에 부탁하고, 한 달가까이 이라크 유엔 식수긴급구호팀에 참여해서 이라크 국경에 설치된 난민촌 식수 공급 프로젝트를 검토하며 보냈다. 식수 문제를 해결하기 위해 매주 국제기구들과 함께 보낸 시간은 국제사회의 재난 대응 구조를 이해하는 데 큰 도움이 되었다. 이라크 사회는 눈에 보이는 전쟁이 끝나도 오랜 시간 혼란속에 있을 것이 분명했다. 우리처럼 장비를 가지고 일하는 단체는 치안이 안정되고 물자 공급이 원활해야 사업을 진행할 수 있기 때문에 종전이 되면서 후일을 기약하며 요르단에서 철수했다.

유엔 긴급구호 시스템

아프가니스탄이나 이라크처럼 전쟁으로 중앙정부가 사라지거나, 쓰나미 같은 재해가 일어났을 때처럼 정부 스스로 해결할 수 없는 상황이 벌어질 때가 있다. 이런 상황이 오면 해당 국가는 국제사회에 도움을 요청하게 되고, 국제사회 전체가 참여하는 긴급구호가 시작된다. 이러한 상황을 총체적으로 이끌어 가는 조직이 바로 유엔이라는 초국가적인 기구다. 유엔은 사무총장 직속의 인도주의업무조정국(OCHA, Office for the Coordination of Humanitarian Affairs)을 통해 긴급구호 시스템을 곧바로 가동한다. 유엔 사무총장은 OCHA를 통해 유엔에 가입한 국가와 국제 NGO들에게 도움을 요청하여 즉시 연합 긴급구호 사업을 시작한다. 유엔이 긴급구호 사업을 위해 공식적으로 협력을 요청하는 3대 NGO 컨소시엄은 다음과 같다.

• Inter Action

1984년, 미국 정부에 등록된 국제 NGO들이 자발적으로 모여 만들었으며 현재 180여 개 단체가 등록되어 있다. 미국 안에서 가장 큰 네트워크 조직으로 명실공히 세계 최대의 NGO 연합체다.

• ICVA International Council of Voluntary Agency

국제 자원봉사협의회로서 전 세계 NGO 연합체이다. NGO들이 효과적으로 일할 수 있도록 돕는 네트워크를 만드는 데 힘쓰며, 본부는 스위스 제네바에 있다.

• SCHR The Steering Committee for Humanitarian Response

1972년 유럽의 큰 NGO 단체 여덟 개가 모여서 효과적으로 일할 수 있는 협력 체제를 구성하면서 결성되었다.

인도주의업무조정국은 유엔 재난평가조정단을 현장에 급파하여 재난 지역의 피해 규모와 복구에 필요한 정보를 모아서 유엔 사무총장에게 제출한다. 동시에 이 정보는 각국 정부와 전 세계 구호단체에도 전해지는데, 각자 전문성에 따라 구체적인 긴급구호 활동을 하게 된다.

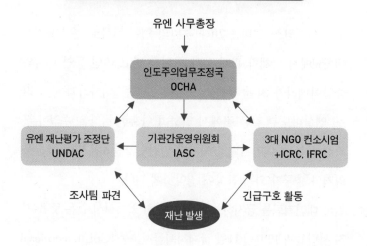

지구촌에서 국가 간의 경계가 사라지고 있다. 통신과 교통의 발달로 어떤 소식이든 실시간으로 지구촌 구석구석에 전달되고 있다.

꿈을 펼치는 삶의 무대가 나와 가족을 넘어 지구촌 전체가 되어야 한다. 사랑을 베푸는 손길 역시 가족, 국가와 민족을 초월한 모든 재난 현장을 향해 열려 있어야 할 것이다.

지구촌의 양심 조디 윌리엄스

조디 윌리엄스. 그녀는 20대 후반의 영어 강사로, 존스홉킨스 대학교에서 국제학 관계 석사 학위를 받고 10년 동안 미국의 중앙아메리카 지원 정책을 도왔다. 그녀는 니카라과, 온두라스, 엘살바도르 같은 곳에서 일하며 참혹한 현장을 수없이 목격했다. 특히, 대인지뢰로 해마다 민간인 2만 6천 명이 목숨을 잃거나 불구가 되는 참상에 경악하게 된다.

결국 대인지뢰를 금지하는 일에 분연히 일어서서 같은 뜻을 가진 사람들과 1991년 11월 국제지뢰금지운동 ICBL (International Campaign to Ban Landmines)이라는 NGO를 설립한다. 이들은 대인지뢰가 전 세계 68개국에 1억 천만 개 묻혀 있으며, 특히 아이들에게 위험하다는 사실을 세상에 알리며 대인지뢰 금지를 위해 싸웠다.

대인지뢰는 만드는 데 5달러밖에 들지 않아 설치도 간편하며 공중에서 대량 살포하는 것도 가능하다. 지뢰는 병사들의 무릎 아랫부분만 절단시켜 병력을 효과적으로 무력화시킨다. 살아 있으나 고통스럽게 비명을 지르는 전우를 다른 두 명이 부축하면 총 세 명이 전투에서 배제될 수 있다는 목적으로 만든 악랄한 무기다. 문제는, 전쟁이 끝난 뒤 산과 들에서 뛰어노는 아이들이 희생양이 된다는 점이다. 그런데 전쟁이 끝나면 어떤 나라도 지뢰를 제거하는 일에 나서지 않는다. 제거하는 데 위험이 따르며, 하나를 제거하는 데 1,000달러나 들 정도로 막대한 재정이 필요하기 때문이다.

윌리엄스는 전 세계 1,000여 개 NGO들과 연합해서 국가들이 대인지뢰 금지 법안을 받아들이도록 지속적으로 설득했다. 그리고 마침내 1997년 12월, 오타와에서 123개국이 이 법안에 참여하도록 이끌었다. 이 법안은 지뢰를 폐기하고 매설된 지뢰를 제거할 뿐 아니라 생산·수출·사용을 전면 금지하고 있다.

오타와 회의가 끝나고 엿새 뒤인 12월 10일, 윌리엄스와 국제지뢰금지운동은 노벨평화상을 받았다. ICBL을 대표해서 노벨상을 받은 사람은 1982년 대인지뢰로 두 다리를 잃은 툰 차나레트라는 캄보디아인이었다.

재난 지역이 아무리 혼란스러워도 여전히 국가의 주권 아래 있어서 다른 나라의 군인이나 경찰이 들어갈 수 없다. 자칫 또 다른 정치적인 분쟁을 일으킬 수 있기 때문이다. 그렇다고 종교의 이름으로 들어갈 수도 없다. 종교 분쟁의 불씨가 될 수도 있기 때문이다. 사람들이 고통 속에 죽어 가도 다른 국가나 종교 조직들은 극히 제한된 모습으로만 이들을 도울 수밖에 없다.

여기에 분연히 일어난 사람들이 시민 조직이며 이들은 순수한 박애 정신으로 모인 사람들이다. 세상은 어느 날 이들을 NGO라고 말하기 시작했다. 'Non-Governmental'은 정부가 아닌 민간 주도 운동이란 의미다. 이들은 언제 누가 시작했는지도 모르게 자연스럽게 일어난 선한 사람들의 모임이다. 어떤 이는 1855년 유럽과 북미에서 시작된 YMCA(Young Men's Christian Association)를 시초로 보기도 한다. 또 다른 이는 1859년 스위스의 앙리 뒤낭이 부상자를 치료하면서 시작된 국제 적십자를 시작으로 꼽기도 한다. 그러나 누가 시작했는지는 그리 중요하지 않다. 진정한 NGO는 순수한 이웃 사랑 안에 늘 있어 왔기 때문이다.

팀앤팀 역시 그런 모임으로, 누군가의 세속적인 의도에 의해 만들어진 단체가 아니다. 어느 날 우리가 일하는 아프리카를 방문한 봉사팀들이 한국에서 작은 모임을 시작했고, 이들을 중심으로 단체가 만들어졌다. 팀앤팀은 현재 한국, 케냐, 우간다, 수단, 남수단, 소말리아, 시에라리온, 라이베리아, 인도네시아, 캐나다에 등록된 국제 구호개발 NGO다.

이라크의 아픔 고故 김선일 씨

이라크전이 끝난 후 세계 각 나라는 이라크 복구 사업에 참여
했다. 전후 3년 내지 5년 동안, 약 250억 달러에 가까운 자금
이 들어가는 거대한 시장이 세계를 향해 열린 것이다. 한국 정
부도 이라크의 재건을 돕기 위해 국내 NGO들을 통해 100억
원 가까운 재정을 지원하고 있었다.

그러던 2004년 6월, 한국을 발칵 뒤집어 놓은 사건이 일어났
다. 무역 회사에서 통역으로 일하던 김선일 씨가 인질로 잡혔다
가 싸늘한 시신으로 발견되었다. 이 참담한 사건으로 이라크
복구를 위해 진행하던 구호 사업들이 모두 중단되고 말았다.

이라크 재건 예산을 그곳에 쓸 수 없게 되자 정부는 이라크를
제외한 중동과 북아프리카 지역에서 일하는 한국 NGO들에
게 이 자금을 지원하고자 했다. 물론 한국 정부에 등록된
NGO만 신청할 수 있었다. 지금은 한국에 등록되어 있지만,
당시 팀앤팀은 케냐 정부에 등록된 아프리카 NGO였다. 그 무
렵 팀앤팀 수자원팀은 2004년 1월부터 기아대책기구와 협력
해 북한의 수자원을 개발하고 있었는데, 통일부의 지원을 받
는 사업이었다. 팀앤팀은 이 프로젝트에 사업 기획 단계부터
기술 자문으로 참여하고 있었으며 현장 사업 시행을 책임지고

있었다.

나는 이 사업을 위해 북한을 정기적으로 방문하고 있었는데, 평양 가기 전날에 기아대책기구 사무실을 찾았다. 마침 오래 전부터 알고 지내던 박지만 팀장이 반가이 맞아 주었다.

"오랜만입니다, 대표님! 이번에 또 북한 가신다고 들었습니다."

"반갑습니다. 다들 잘 있지요?"

"네, 늘 바쁘게 살아요. 그런데 언제 가시죠?"

"내일 북경을 거쳐 평양으로 들어갑니다. 어떻게 지내세요?"

"이라크 사태로 정신이 없습니다. 아시다시피 김선일 씨 사건으로 모든 사업이 중단되었습니다. 참, 팀앤팀은 북아프리카에서 계획하는 프로젝트가 없습니까? 정부가 이라크에 지원하던 자금을 중동과 북아프리카 지역으로 돌린다는 연락이 왔어요. 저희는 현재 아무 계획이 없는데, 혹 팀앤팀이 있으면 우리와 함께하는 사업으로 신청하면 어때요?"

그 말에 나는 눈이 번쩍 뜨였다.

"아, 마침 준비하고 있는 프로젝트가 있어요."

나는 지난 2년 동안 늘 가방 속에 가지고 다니던 보마 사업 계획서와 설계도를 넘겨주었다. 사실 크게 기대하면서 준 것도 아니었다. 그러나 뜻밖에도 이 계획서가 정부에 접수되어 본격적으로 검토되기 시작했다.

보통 NGO가 자금 신청서를 내면, 정부는 해당 국가의 한국 공관에 타당성이 있는지 조사를 의뢰한다. 공관은 치안 상태나 지역 상황을 고려해 사업의 타당성에 대해 의견서를 보낸다. 그러면 정부가 그 보고서를 기반으로, 기술자문위원들의 최종 검증을 거쳐 지원 여부를 결정한다.

수단 주재 한국 대사관

안타깝게도 우리 사업 계획서는 수단 주재 한국 대사관으로부터 긍정적인 평가를 받지 못했다. 남수단이 정치적으로 불안정하기 때문이었다. 2004년 5월 26일, 남북 수단 정상들이 나이로비에 모여 평화협정을 맺어 막 새로운 연합 정부가 출범했다. 37년 동안 이어진 긴 내전은 끝났지만, 서부 지역 다푸르 반군은 이 협정에 참여하지 않았고, 이 불완전한 상황을 보는 세계의 시선은 여전히 불안했다.

수단 주재 한국 대사관에서 긍정적인 평가만 해 주면 지원하는 데 문제가 없다는 이야기를 듣고, 나는 한국 대사관이 있는 하르툼을 방문했다.

"대사관에서 나이로비 팀앤팀 사무실로 몇 번 연락을 드렸지만 통화를 할 수가 없었습니다."

따뜻하게 환영하며 김동억 대사가 말했다.

"죄송합니다. 최근에 사무실을 옮기면서 통신에 문제가 있어
서 직접 찾아왔습니다."

나는 준비해 간 자료들을 보여 주며, 보마 사업에 대해 상세히
설명했다.

"2만 명의 주민들이 물이 없어 죽어 가고 있습니다. 이 사업은
생명과 직결되어 있습니다. 그리고 보마는 남부 수단 전역에서
가장 안전한 곳입니다."

열정어린 설명을 들은 대사님이 마침내 이렇게 말했다.

"훌륭한 일을 하고 계시군요. 존경스럽습니다. 직접 가 보고 싶
지만 여러 가지 사정 때문에 아쉽네요. 앞으로 저희 외교관이
한번 방문하도록 하겠습니다. 그런데 저희는 교민들의 안전이
중요합니다. 혹시 보마 지역이 안전하다는 수단 정부의 공신력
있는 편지를 받을 수 없는지요?"

하지만 이제 막 출범한 국가에 그런 편지를 기대할 수 없었다.

"지난 20여 년 동안 그 지역에서 활동하는 유엔과 구호 요원
들의 안전을 보살피고 있는 유엔 안보 책임자의 편지면 어떻
겠습니까?"

내 제안에 대사님이 흔쾌히 대답했다.

"유엔 안보 책임자의 공식적인 편지라면 훨씬 공신력이 있습니다. 받을 수 있다면 가능한 빨리 보내 주십시오. 그리고 오늘 점심은 관저에서 우리 가족과 함께합시다."

대사님은 식사에도 초대해 주었다.

"다음에 오실 때에는 반드시 가족과 함께 와서 우리 관저에 머물면 좋겠습니다."

식사 후 대사님 부인이 나를 배웅하며 따뜻하게 말했다.

드디어 길이 열렸다

나는 나이로비로 돌아오자마자 곧바로 유엔 안보 책임자 로이스톤 라이트에게 연락했다. 우선 전화로 자초지종을 이야기하고 공식 메일을 보냈다. 로이스톤은 수단 전역의 안전을 모두 책임지고 있으며, 일전에 우리 팀의 안전 교육을 맡은 적도 있었다.

유엔 비행기를 이용하려면 반드시 OLS 캠프에서 안전 교육을 받아야 한다. 조난당했을 경우 생존하기 위해 꼭 알아야 할 내용을 배우는 것이다. 예를 들어, 조난자들이 유엔 안보팀과 무선 연락을 하는 방법, 구조 비행기 조종사에게 자신의 위치를 알려 주는 방법 들이다.

로이스톤은 바로 메일을 보내왔다. 짧고도 간결한 그의 편지에
는 사태의 핵심을 파악하고 책임을 져야 하는 안보 책임자의
모습이 담겨 있었다.

Dear Mr. Lee

남부 수단은 중앙정부가 무너진 채, 1차 16년 그리고 2차
21년의 내전을 겪었습니다. 남부 수단 어느 지역도 안전하다
고 자신 있게 말할 수 없습니다. 평화협정이 맺어지긴 했지
만, 아직까지도 모든 지역이 위험하다고 말할 수 있습니다.
다행히 팀앤팀이 일하고 있는 보마 지역은 가장 안전한 지
역에 속하는 곳입니다. 최근까지 이 지역에서 사고가 일어
났다는 보고가 없습니다. 전쟁이 끝난 지금 더 안전해졌다
고 말할 수도 있습니다.

그러나 언제 어디에서 사고가 일어날지 아무도 모르는 곳
이, 바로 이곳 수단입니다. 부디 이 사실을 잊지 말고 사업
을 안전하게 잘 수행하시길 바랍니다.

United Nations OLS Security Officer

Roystone Wright

그의 메일로 봐서는, 100% 안전하다고 하는 것도 아니고 그렇다고 위험하다고 쓴 것도 아니었다. 그 편지를 대사관에 보내려니 우리 마음이 썩 편치 않았다. 로이스톤이 조금은 원망스럽기도 했다.

"누가 저더러 사업 자금을 달라고 했나, 사고가 나면 책임을 지라고 했나. 그냥 '보마는 안전함'이라고 적으면 손가락에 뭐가 덧나나?"

팀원들은 투덜거리긴 했지만, 다행히 보마는 최근에 사고가 일어나지 않은 안전 지역이라고 적어 준 것만으로도 고마웠다. 나는 하르툼의 한국 대사관과 외교부의 코이카(Koica, 한국국제협력단) 담당 부서에 메일을 보냈다. 이제 우리가 더 이상 할 수 있는 일은 없다. 모든 것을 하늘에 맡기고 기다리는 수밖에……

그러는 동안 팀앤팀 케냐 수자원팀은, 가리사와 투르카나의 반사막 지대 유목민을 위해 열심히 지하수를 개발하고 있었다. 또 일부 지도자들은 북한에서 진행하고 있는 수자원 사업을 위해 나이로비와 서울, 평양을 바쁘게 오가고 있었다.

이렇게 2004년의 절반이 훌쩍 흘러가고 있었다. 그러던 어느 날 우리는 마침내 기다리고 기다리던 소식을 들었다. 정부에서 보마 사업을 정식으로 승인한다는 소식이었다.

"기아대책 박지만 간사입니다. 보마 프로젝트가 정식으로 승인되었습니다. 2주 안에 협약식을 한다고 합니다. 축하합니다!"

성철이의 마지막 선물

상상도 할 수 없는 일이었다. 총 사업비 3억 7천만 원의 공사비가 이런 식으로 마련되리라고 아무도 꿈꾸지 못했다. 2억 5백만 원을 정부가 지원하고 나머지 재정은 팀앤팀에서 조달해야 한다. 곧바로 보마 사업 특별팀을 구성했다. 일단 서울에서 준비해야 할 일이 많았다.

우선 포크레인부터 구하기 위해 나이로비에서 찾았지만, 소형은 아예 없어서 한국에서 중고를 구하기로 했다. 그 외 공사에 필요한 기본 장비들 역시 포크레인과 함께 컨테이너로 운반해야 하는데, 시간이 촉박했다. 보마까지 장비가 도착하는 데 최소한 3~4개월이 걸리기 때문에 서둘러야 했다. 공사는 12월 중순부터 시작해 이듬해 3월 중순까지 건기에만 할 수 있다. 우기가 오기 전까지는 무슨 일이 있어도 마쳐야 한다.

서울에서는 김태현 기술자문위원의 역할이 컸다. 중고 포크레인을 사서 수리하고 배에 싣는 일부터 아프리카에서는 구할 수 없는 작업 공구를 구하는 것까지 모두 맡아 주었다. 충남 서산에서 태영기공(주)이라는 자동차 부품 공장을 운영하는데, 지난번 보마에 답사를 갈 때도 함께했다. 북한의 수자원 사업을 진행할 때부터 모든 업무를 처리해 온 팀앤팀의 주요 지도자 가운데 한 사람이다.

케냐 현지 팀원들 역시, 사업 계획을 하나하나 점검하며 구체적인 준비에 들어갔다. 정확한 업무 분담, 나이로비와 보마의 위성통신망 구축, 컨테이너 수송을 위한 운송 회사 계약……. 정말이지, 준비해야 할 일들이 한두 가지가 아니었다.

"내일 아침 코이카 민간협력팀 사무실에서 사업 약정서에 사인하기로 했습니다."

기아대책기구 아프리카 담당 부장이 전화했다.

이제 약정서에 사인만 하면 작업을 본격적으로 진행할 수 있다. 사실 보마 사업을 위해 팀앤팀에서 이미 재정을 많이 쓰고 있었다. 처음부터 정부 지원을 기대하면서 기획한 사업이 아니기 때문이었다. 설계도면을 만들어 준 회사에서 예상을 넘는 설계비를 요구했다.

우리 공동체에 광신고등학교 국어 교사인 김두연 선생님이 있다. 그는 팀앤팀 초창기 시절부터 온갖 궂은일들을 도맡아 처리해 주었고, 부인 김재신 씨 역시 팀앤팀 서울 사무실을 1년 가까이 맡아 주었다.

그 두 사람에게 아들이 두 명 있었다. 큰아들 성철이는 당시 경기고등학교 2학년이었고, 성륜이는 초등학생이었다. 그런데 2002년 8월 중순, 성철이가 미국으로 이민 가는 친구 몇 명과 경포대에 여행 갔다가 그만 변을 당했다. 모래사장으로 갑자기 밀어닥친 큰 파도에 휩쓸려 간 것이다. 그때 우리 팀은 우간다에 있었는데, 소식을 듣고 모두 망연자실했다.

"성철이가 마지막으로 주고 간 것입니다. 수단 보마를 위해 써 주십시오."

아들 장례식을 끝낸 김두연 선생님이 봉투를 내밀었다. 그 돈은 조의금으로 들어온 것이었다. 이 돈이 어떤 의미를 가지고 있는지 너무나 잘 알기에, 차마 선뜻 받을 수가 없었다. 그러나 아들이 남기고 간 소중한 선물을 가장 의미 있는 곳에 쓰고 싶어 하는 가족들의 마음을 거절할 수도 없었다.

"보마 공사 설계도면 비용으로 쓰겠습니다. 성철이의 마지막 선물이 아프리카의 생명수가 될 것입니다."

착하고 사랑스러운 성철이가 남긴 마지막 선물이, 절망으로 가득한 땅 아프리카에서 생명수처럼 흘러넘칠 것을 믿어 의심치 않는다.

무기한 연기라니!

드디어 내일이면 약정서를 체결한다! 보마 사업을 위해 얼마
나 먼 길을 걸어왔던가. 그래서 약정서에 최종 사인을 한다는
전화가 그렇게 고마울 수가 없었다. 이튿날, 서울에서 팀앤팀
나이로비 사무실로 전화가 왔다.

"안녕하세요. 서울 사무실입니다."

"나이로비 사무실입니다. 일은 잘 진행되고 있겠지요?"

"죄송합니다."

"……"

"어젯밤 늦게 청와대 안보팀에서 지침이 내려왔습니다. 모든 계획을 중지하라는 명령이었습니다. 오늘 아침에 하기로 한 약정서 체결은 무기한 연기되었습니다."

"……."

순간, 두 팔과 두 다리에 힘이 다 빠져 버리는 것 같았다. 이 일을 이루기 위해 서울과 나이로비, 그리고 북부 수단의 수도 하르툼까지 얼마나 열심히 뛰어다녔던가. 처음부터 지원하기 어렵다고 했다면 어떡하든 우리가 자금을 마련해 시작했을 텐데…… 이제 와서 사업 계획을 바꿀 수도 없다. 지금 시작하지 못하면 또 한 해가 늦어진다. 이 한 해 동안 얼마나 많은 사람들이 죽어 갈지 생각하면 고통스럽기까지 했다.

그 당시 한국은 김선일 씨 사건으로 위험한 지역에 나가 있는 자국민의 안전 문제가 사회에서 큰 이슈가 되고 있었다. 신문은 연일 이 문제를 집중적으로 보도하면서 정부와 특히 외교부에 비난을 퍼부었다. 또 다른 사고가 일어날 것을 막기 위해 정부 안보팀이 이런 결정을 내린 것 같았다. 정부 입장도 이해가 되었지만, 타들어 가는 가슴을 달랠 길이 없었다.

"얼마나 많은 사람들이 우리를 기다리고 있는데……."

"얼마나 많은 목숨이 달려 있는 일인데……."

마음은 멍들어 갔지만 대안이 없었다.

어쩔 수 없이 기다려야만 했다.

또 하나의 가족, 스웨덴 NGO

그때 팀앤팀 수단 책임자는 조항권 대표가 맡고 있었다. 그는 고분자공학을 전공한 공학도로 팀앤팀 아프리카 공동체를 따뜻하게 보살피는 엄마 같은 사람이다.

정부 지원이 무기한 연기되자 보마 사업 특별팀은 다시 해체되었다. 팀원들은 스웨덴 NGO인 IAS(International Aid Service)와 함께 남부 수단 예이에서 진행하던 지하수 개발과 케냐 투르카나와 가리사 지역 수자원 개발 현장으로 복귀했다. 북한의 수자원 사업도 동시에 진행하고 있었다.

그때 우리는 북한과 보마에서 진행할 사업을 준비하느라 인력이 분산되어, 지하수 개발 장비 한 세트를 쓰지 않고 있었다. 그런데 마침 남부 수단 우간다 국경 예이에서 일하던 IAS가 장비가 고장 나 어려움을 겪고 있었다. 이들은 남부 수단에서 20년 전부터 수자원 개발을 하고 있었다. 책임자 지터룬드는 유럽 공동체로부터 40만 달러의 자금을 지원받고 있었다. 그런데 장비가 망가져서 큰일 났다며 우리에게 도움을 요청했다.

조항권 수단 대표와 우리 수자원팀은 직접 예이를 방문해 살펴본 뒤, 우리가 가지고 있던 랜드로버 차량과 지하수 개발 장비, 에어컴프레서까지 모두 몇 가지 조건을 달고 기증해 주었다.

- 주민들의 식수 환경 개선을 돕기 위해 대가 없이 쓸 것
- 팀앤팀 수자원팀이 원할 때는 언제든지 함께 일할 것

우리 수자원팀은 저들과 함께 머물며 돕고 배웠다. 두 단체는 지금도 한 가족처럼 협력하며 일하고 있다.

살아 있다니 정말 고맙다!

우리는 무엇보다도 하루 빨리 보마에 가야 했다. 이번 공사를 목 빠지게 기다리고 있을 보마 주민들에게 자초지종을 이야기해야 되지 않는가. 실망할 사람들을 생각하면 안타깝기 그지없지만 현실을 피해 갈 수는 없는 노릇이었다.

마침내 12월이 되어, 로키초교에서 보마까지 가는 도로가 건조해졌다. 우리는 조항권 대표와 현장 공사를 맡고 있던 이동선 부부를 보마에 보내기로 결정했다. 12월 4일, 세 사람은 도요타 프라도를 타고 나이로비를 출발해 왕복 3,000km의 먼

길을 떠났다.

보마에 도착한 그들은 마을 지도자들과의 회의도 잘 마쳤다. 그리고 우기가 완전히 끝나지 않은 험한 길을 되짚어 왔다. 다섯 번 넘게 타이어에 펑크가 났지만 12월 11일 무사히 로키초교에 이르렀다. 그곳에서 하룻밤을 보낸 뒤 출발하기 전에 나이로비에 있는 우리에게 전화를 걸어왔다.

"이제 로키초교를 출발합니다. 오늘 밤 키탈레에서 보낼 예정이고, 도착하면 숙소에서 전화를 드리겠습니다."

"그래, 조심해서 내려오게."

그들은 멀고 위험한 길을 와야 했다.

보통 나이로비에서 투르카나까지 오갈 때 평균 세 대에서 다섯 대의 사고 차량들과 마주치게 된다. 대부분 길가에 뒤집혀 있다. 엔진이나 구동축이 망가진 자동차만 해도 평균 열 대 이상 만나게 된다. 워낙 길이 험하고 좁아서 서로 비껴 지나가다가 사고가 일어나는 것이다.

아침에 전화를 받고 다섯 시간이 지난 후, 우리는 전화 한 통을 받았다.

"팀앤팀 사무실입니까? 여기는 로드와시립병원입니다. 팀앤팀 차량이 전복되어 한국인 세 명이 입원해 있습니다."

수화기 너머 동선의 비명 소리가 고막을 때렸다.

"생명에 지장은 없습니까?"

너무도 놀라 다급한 마음으로 물었다.

"네, 다행히 사망자는 없습니다."

수화기를 내려놓자마자, 로키초교에 있는 IAS 지부장 고프리에게 전화했다. 고프리는 우리 팀이 보마와 투르카나에서 작업할 때 모든 일을 처리해 준다.

"고프리, 자동차 사고가 났네. 아침에 로키초교를 떠난 우리 자동차가 로드와 40km 못 미친 곳에서 전복됐어. 3시 비행기로 갈 테니 차량을 좀 준비해 주게."

나는 곧장 공항으로 달려가 로키초교행 비행기에 몸을 실었다. 로키초교 공항에는 고프리가 도요타 하이럭스에 시동을 켠 채 긴장된 모습으로 기다리고 있었다.

"아무도 죽지 않았네. 걱정 말고 빨리 가 보세."

오히려 내가 고프리를 진정시켜야 했다. 아침에 로키초교를 떠날 때 웃으면서 작별했을 텐데 얼마나 놀랐겠는가? 나는 고프리가 준비해 둔 차를 타고 사고 난 곳으로 갔다. 동네 사람들이 몰려와 여태 사고 현장을 구경하고 있었다. 그곳에는 부서진 차체와 짐들이 어지럽게 흩어져 있었다. 자동차는 완전히 부서진 채 전복되어 있었는데, 그 속에서 살아 나왔다는 것이 도무지 믿어지지 않을 정도였다. 전화로 팀원들의 목소리를 들지 않았더라면 이들이 정말 살아 있다는 사실을 믿지 못했을 것이다.

한시라도 빨리 팀원들을 만나 정말 살아 있는지 직접 확인해야 했다. 내 마음은 만감이 교차하고 있었다. 조항권 대표는 지난번에도 죽을 뻔한 고비를 기적처럼 넘기지 않았던가.

병원에 누운 그들을 보자니 마음이 울컥했다.

"우리가 지금 살아서 만나는 것이 기적이구나!"

"형님, 정말 기적이라고밖에 표현할 길이 없습니다!"

"그래, 기적이야."

"사실, 오늘 새벽 3시쯤에 꿈을 꾸었습니다. 우리 프라도에 실려 있는 LPG 가스통에서 불길이 솟구치는 광경을 보고 있었어요. '저 통 폭발하면 큰일 나는데' 중얼거리면서 잠에서 깨어났습니다."

조항권 대원은 팔에 붕대를 감은 채, 고통스러운 표정으로 천천히 이야기했다.

"제가 운전대를 잡고 있었습니다. 로키초교를 떠나 세 시간쯤 내려왔을 때였어요. 뒷자리에서 쇠 부딪히는 소리가 난다며 조수석에 있던 동선 형이 뒷자리로 옮겨 갔어요. 그리고 잠시 뒤 사고가 났죠. 동선 형이 그때 자리를 옮기지 않았더라면, 틀림없이 살아남지 못했을 겁니다."

듣고 있던 나는 아찔했다.

"갑자기 자동차가 갓길로 빠지면서 굴렀는데, '이제 죽는구나' 하는 생각으로 핸들을 꼭 잡고 있었어요. 몇 초밖에 안 지났지만 제 지난 삶이 주마등처럼 스쳐 가더군요. 죽으면 안 된다는 생각이 들었는데, 어떤 큰 충격에 자동차가 멈추었어요. 내려서 보니 동선 형은 의식이 없었고 다행히 경애 누님은 깨어 있었어요."

그는 차에 실려 있던 물통을 꺼내 물을 뿌리며 동선의 의식을 깨우려고 애썼단다. 그때 마침 트럭 한 대가 다가와 30분 거리의 로드와병원으로 데려다주었다. 그런데 트럭에 자리가 부족해서 항권은 현장에 남아 팔에 박힌 유리 조각을 손으로 뽑으며 세 시간이나 더 기다리다가 사고 수습을 위해 달려온 경찰차를 타고 동선 부부가 입원해 있는 로드와병원에 왔다고 한다. 그때 내가 할 수 있는 말은 이 한마디뿐이었다.

"살아 있어 줘서 정말 고맙다!"

그런데 장경애 대원이 문제였다. 머리에 충격을 받았기 때문에 그날 밤까지 지켜보아야 한다고 의사가 말했다. 나는 걱정이 되어서 숙소로 돌아가지도 못하고 병실 밖에서 지키고 있었는데, 가슴 한구석이 아려 왔다. 머나먼 아프리카에서 자칫 목숨을 잃을 수도 있었다. 이들의 희생을 생각하자니 발길이 옮겨

지지 않았다. 잘 자라는 작별 인사를 하고 병원을 나섰지만 마음이 불안해서 다시 돌아와 이들이 잠들 때까지 병실 밖을 서성거렸다.

두 사람은 2년 전에 우리 팀이 무장 강도의 총탄에 쓰러졌을 때 가장 먼저 편지를 보내왔다.

"팀앤팀 가족들이 피 흘린 곳에 저희 가족의 피도 섞고 싶습니다!"

두 사람은 호주 유학 중인 딸 유정이를 두고 팀에 합류했다. 그리고 우리가 지하수 개발 장비를 기증한 IAS가 일하는 남부 수단 예이로 들어가 2개월 동안 함께 일했다. 그 두 달 동안 동선은 체중이 무려 20kg이나 줄었다.

다음 날 아침, 일단 세 사람을 나이로비에 있는 큰 병원으로 서둘러 옮겼다. 나는 남아서 경찰과 함께 사고 처리를 했다. 경찰과 사고 난 곳을 다시 찾아갔는데, 부서진 차량을 보며 경찰이 걱정스럽게 질문했다.

"죽은 사람이 몇 명이나 됩니까?"

"모두 살아 있습니다. 오늘 아침 나이로비로 옮겼습니다."

"믿어지지 않습니다. 사고가 이렇게 크게 났는데, 어떻게 모두 살아 있을 수 있습니까?"

"네, 아무리 생각해도 기적입니다!"

투르카나의 어머니

다행히 사고 당시 그곳에서 30년 가까이 고아들을 돌보고 있던 임연심 선교사가 로드와에 있었다. 마침 임 선교사의 고아원에서 자란 청년 두 명이 그 병원에서 일하고 있었다. 이들은 의과대학생으로 여름방학 동안 병원에서 실습하고 있었다. 한 명은 나이로비대학 의대에, 또 한 명은 우간다 캄팔라의대에 재학 중이었다. 그 두 사람이 우리 팀을 지극 정성으로 보살펴 주었다.

경찰 간부 중에서도 임 선교사의 고아원에서 자란 사람이 있어서 사고 처리가 쉬웠다. 경찰서장은 그동안 우리가 투르카나에서 수자원을 개발해 준 일이 고맙다며 꽤나 까다로운 사고 경위서도 큰 어려움 없이 처리해 주었다.

임 선교사와 투르카나의 인연은 30년 전으로 거슬러 올라간다. 임 선교사는 독일 유학 중 투르카나에 단기 봉사를 왔다가 이들이 비참하게 살고 있는 것에 큰 충격을 받았다. 10년 전 나이로비에서 처음 만났을 때 그분이 들려준 이야기다.

"저녁 먹을 준비를 하다가 쓰레기를 버리려고 나갔어요. 옷도 입지 않은 아이들 몇십 명이 저를 졸졸 따라오더군요. 집 옆에 파 놓은 1m 깊이의 웅덩이에 아무 생각 없이 쓰레기를 버렸어요. 순간, 따라오던 아이들이 모두 일제히 웅덩이로 뛰어 들어가서 제가 버린 쓰레기들을 주워 먹기 시작했어요. 전 어떻게 해야 할지 몰라 몹시 당황했어요. 마음이 어찌나 아프던지 견딜 수가 없었어요."

그 후 독일에 돌아가서도 아이들 모습이 눈앞에서 떠나지 않아 다시 아프리카로 왔다고 했다. 마침 로드와에서 고아원을 운영하던 구호단체가 예산 부족으로 아이들을 방치한 채 떠났다는 소리를 들었다. 그때부터 그녀는 고아원을 돌보기 시작했다.

20대의 젊고 아리따운 나이에 들어와 30년 가까이 버려진 아이들을 먹이고 입히며 공부시키고 결혼까지 시켰다. 그렇게 기른 아이들 중 상당수가 아프리카 최고 대학들을 졸업했고, 현재 대학에 다니고 있는 학생도 여러 명 있다. 의사, 교사, 목사, 비즈니스맨, 금융인, 경찰, 군인……. 그들은 지금도 사회 각계각층에서 훌륭하게 일하고 있다. 이는 한 여성이 오랫동안 일궈 온 헌신의 열매였다. 바로 영혼을 향한 순수하고 뜨거운 사랑의 열매다.

"임 선교사님은 우리 어머님이십니다. 저희 인생을 바꾸어 주셨어요."

고아원에서 자란 청년들이 우리를 만나면 늘 고백하는 말이다.

10년 전 나이로비에서 처음 만났을 때 임 선교사가 우리에게 말했다.

"아이들에게는 강인한 아버지가 필요합니다. 저는 엄마 역할 밖에 못 합니다. 팀앤팀에서 아버지로서 도전할 힘을 기를 수 있게 도와주실 수 있습니까?"

그래서 우리는 투르카나에 갈 때마다 고아원을 방문해 아이들과 만나는 시간을 가졌다. 하지만 아버지 역할을 잘하지 못했다. 늘 오지를 돌며 지하수를 개발하는 일에 쫓겨 아이들과 긴 시간을 함께 보낼 수가 없었다. 다행히 우리에게 여건이 허락되어 임 선교사가 일하는 고아원과 학교, 교회 부지에 펌프 세 개를 설치할 수 있었다.

어느 해 로드와에 심한 가뭄이 든 적이 있다. 숱한 사람들이 고통당했는데, 다행히 우리가 설치한 펌프로 그곳 주민들이 살 수 있었다며 임 선교사가 고마워했다.

사람의 내면에 아름다운 집을 짓는 일은 무엇보다 소중하다. 그 길은 부모가 자녀를 기르듯 온갖 희생을 감내해야 하는 고난의 길이다. 세상의 많은 생명들은 참부모를 애타게 기다리고 있다.

5장

먼 길을 돌아 수단으로

해남 땅끝에서 임진각까지

어느덧 2005년도 절반이 지났다. 그 무렵, 드디어 정부와 보마 사업 약정이 체결되었다. 해가 바뀌고서야 정부가 보마 사업을 공식적으로 승인한 것이다. 우리는 다시 팀을 꾸리기 시작했다. 어느 정도 건강을 되찾은 조항권 대표를 비롯해 보마를 위해 봉사하겠다는 사람들이 한두 명씩 모이기 시작했다.

어느 날 팀앤팀 사무실에 전화 한 통이 걸려 왔다. 시흥에 있는 도창교회 김주석 목사였다.

"저희 교인이 아프리카에 식수 공급을 하기 위해 모금 운동을 하고 있습니다. 전라남도 해남에서 임진각까지 520km를 걸어서 오늘 막 도착했습니다. 모금한 돈을 전달해 드릴까 합니다."

팀앤팀 서울 사무실 김세준 사무총장이 곧바로 교회에 찾아가 임진각에서 막 돌아오는 이인구 씨를 만났다. 40대 중반의 이인구 씨는 몸은 지쳐 보였지만 성취감으로 흥분해 있었다. 그는 평생을 포크레인과 함께 살아온 사람이다. 한겨울을 제외하고는 대부분의 시간을 포크레인 운전석에서 살아왔다. 그리고 공사가 없는 겨울이면, 약해진 체력을 보강하기 위해 열심히 등산을 하곤 했다. 그해 겨울에는 해남 땅끝에서 임진각까지 걷기로 했는데, 마침 교회 목사님한테서 뜻밖의 제안을 받았다.

"이왕이면 아프리카에 식수를 공급하기 위해 걸으면 어떻겠습니까? 당신으로 인해 많은 사람들이 희망을 가질 수 있지 않겠어요?"

이 제안을 흔쾌히 승낙한 그는 '아프리카 우물 파기 운동'이라는 깃발을 등에 지고 20일간의 대장정에 올랐다. 등산복에 선식과 미숫가루, 그리고 약간의 간식만 가지고 땅끝에서 출발해 국도 1호선을 가로질러 하루 30km에서 35km씩 걸었다. 1km를 걸을 때마다 교인들이 만 원을 후원해 주었고, 마침내 오늘 임진각에 도착한 것이다. 어린아이처럼 해맑은 그는 400만 원 가량의 후원금을 전해 주며 느릿한 충청도 사투리로 이렇게 말했다.

"다리에 쥐가 나서 중간에 몇 번이나 포기하려고 했어요. 괜한 짓을 시작했다는 후회도 엄청 했죠. 등에 깃발만 지지 않았어도 아마 벌써 포기했을 거예요."

아프리카로 갈 전문가 팀을 짜는데, 이인구 기사부터 생각났다. 어차피 올겨울에도 걷기 운동을 할 텐데, 아예 수단으로 직접 오는 게 좋지 않을까 싶었다.

"올겨울은 해외에서 걷기 모금을 하시면 어떻겠습니까?"

그는 한 치의 망설임도 없이 흔쾌히 우리의 제안을 받아들였다. 가장 중요한 포크레인 기사를 확보했다.

자, 아프리카로!

해마다 8월이면 서른 명 정도의 단기 봉사팀을 아프리카로 보내는 교회가 있다. 충청북도 제천에 있는 제천동부감리교회다. 이들은 매년 여름, 두 주씩 머물며 주민들과 운동회도 하고 축구 시합도 하며 친밀한 우정을 쌓아 왔다. 그곳 마을 주민들은 특히 기술 봉사팀을 간절히 기다리곤 했다. 올 때마다 부러지고 깨진 철제 연장들을 용접해 주고, 망가진 라디오와 시계를 고쳐 주었으니 말이다.

어디 그뿐이랴. 무너진 집도 수리하고, 교회 건물도 새로 지어 주었다. 친구처럼 찾아와서 가장 필요한 부분을 도와주는 우리 팀을 현지인들은 아주 좋아했다. 그런데 그 단기 봉사팀에 조립식 건축 회사를 운영하는 60대 초반의 장윤호 사장이 있었다. 어느 날, 장 사장이 보마 공사를 맡아서 해 보겠다며 자원하는 것이 아닌가.

"12월부터 3개월 동안 아예 회사 문을 닫고 보마 현장에 합류하겠습니다."

그는 김태현 자문위원과 함께 사업 계획서를 검토하며 필요한 물자들을 하나씩 컨테이너에 쌓아 갔다. 드디어 10월 말, 포크레인과 필요한 물자를 실은 컨테이너가 부산항을 떠나 케냐로 출발했다. 모든 준비가 순조롭게 진행되고 있었다.

그러던 어느 날, 나이로비에서 전화가 걸려 왔다.

"아프리카의 조항권입니다. 잘 계시지요?"

"반갑네, 서울에서는 보마 사업 준비가 한창이야. 컨테이너도 무사히 출발했어. 아마 빠르면 11월 말엔 몸바사에 도착하고, 12월 말엔 보마에 들어갈 수 있을 거야."

"……."

그런데 수화기 너머로 짧은 침묵이 흘렀다. 잠시 후 그가 입을 열었다.

"실은, 제 건강 문제로 전화를 드렸습니다. 그동안에도 계속 어지러운 증상이 사라지지 않아 힘들었습니다. 그런데 갈수록 심해져서 걱정이 됩니다."

"……."

지난번 교통사고 후유증 때문이리라. 조항권 대표는 목뼈에 충격을 받아 계속 고생하고 있었다. 나이로비 사무실에서 행정적으로 보마를 지원하는 일은 할 수 있어도 직접 현장에 들어가서 사업 전체를 이끌어 가기에는 무리가 될 것이 분명했다. 강인한 정신력으로 버텨 왔지만, 이제는 몸이 더 이상 견디지 못하게 된 것이다.

"보마에 직접 들어갈 자신이 없습니다."

내 가슴이 철렁했다. 얼마나 힘들었으면 이런 결정을 했을까? 그는 본래 무슨 일이든지 한 번 맡으면 끝장을 보는 책임감 있는 사람이다. 그런데 이런 결정을 했다는 것은 상태가 많이 심각하다는 이야기였다. 사실 이번 보마 사업에서 그는 누구도 대신할 수 없는 중요한 위치에 있었다. 안쓰러움과 함께 '누가 이 일을 맡아 할 수 있을까?' 하는 걱정이 몰려왔다.

일단 조 대표를 급히 귀국시켜 정확하게 진찰을 받게 했다. 그리고 무엇보다 공사를 위해 새로운 구도를 만들어야 했다. 우리는 심도 깊은 토론 끝에 조항권 대표의 빈자리를 내가 맡기로 했다. 그때 나는 몇 년 전부터 급속도로 나빠진 허리를 치료하기 위해 한국에 들어와 있었다. 병원에서 하루 빨리 척추 수술을 해야 한다는 진단을 받은 상태였다. 하지만 치료를 미루고 아프리카로 가서 보마 사업 전반을 돌봐야 할 상황이었다.

드디어 11월 23일, 1차 선발대인 장윤호 사장과 정정애, 김도형 팀원이 서울을 떠나 나이로비로 들어갔다. 세 사람은 나이로비에서 구할 수 있는 물품과 보마에서 머물 석 달 동안 필요한 생필품을 준비해야 한다. 그 물품들은 두 개의 컨테이너에 실어 한국에서 보낸 컨테이너와 함께 보마로 들어가게 된다.

살아서 돌아와!

2005년 12월 6일, 마침내 김두식 대원이 물자를 실은 대형 트럭 세 대를 이끌고 나이로비를 출발했다. 나이로비에서 보마까지는 대략 1,500km 거리인데, 도로 사정이 워낙 열악한 데다가 여러 가지 위험한 일이 일어날 수 있다. 국경을 통과해야 하고, 강도들이 나타나는 곳이 여러 군데 있어서 위험하지만, 오지 여행 경험이 많은 트럭 운전기사들과 함께 가기에 특별한 사고가 없다면 일주일 뒤면 보마에 도착할 수 있으리라.

이어 12월 9일, 나는 김태현 자문위원, 박정원 정혜령 부부와 함께 비행기를 타고 나이로비를 떠났다. 우리는 선발대로 보마에 들어가 마을 지도자들과 함께 사업을 진행하기 위해 협력 계획을 세워야 한다. 그리고 무엇보다 베이스캠프를 정리하여 컨테이너 받을 준비를 해야 한다.

아침 11시쯤 우리 선발대가 로키초교에 도착해서 출국 수속을 마친 후, 보마행 세스나를 기다리고 있었다. 그때 전화벨이 울렸다.

"김두식입니다. 어디 계십니까? 저희도 막 로키초교에 도착했습니다."

"고생했구나. 우린 출국 수속을 마치고 세스나를 기다리고 있네. 어서 공항으로 오게."

사흘 동안 험한 길을 달려오느라 고생이 많았을 것이다. 우리는 내일 아침 국경을 통과하면 사나흘 뒤엔 보마에 도착할 수 있다. 그런데 이들은 내일부터 물자를 싣고 보마까지 힘들고 위험한 길을 가야 한다.

잠시 후, 로키초교 공항 주차장은 이산가족 상봉 터가 되었다. 이렇게 외진 현장에서 동료들을 만나면 감격이 남다르다. 특히 김도형 대원은 아프리카가 처음이었다. 그런데도 의외로 용감하게 잘 견디고 있었고 무엇이든 재미있어했다. 참 다행이다.

그리고 김두식 아프리카 대표에게 맡기면 아무것도 걱정하지 않아도 된다. 우리는 지난 17년의 세월을 함께 보냈다. 그는 초창기부터 우리와 함께하며 김환식 대원과 더불어 이곳 아프리카에서 팀앤팀의 기초를 다져 놓았다. 배고픔과 수면 부족에 시달리며 강도의 위협 속에서도 그 멀고 험한 길을 함께 달려온 동지다. 아침이면 온기를 찾아 우리 신발 속에서 잠을 자던 전갈부터 깨워야 하는 광야에서, 우리는 서로에게 목숨을 걸었다. 그는 무장 강도의 총알 앞에서도 물러서지 않는 역전의 용사다. 그리고 이번 보마 사업에서도 역시 현장을 책임지고 있다.

그런데 김두식 일행이 국경을 통과해 수단 땅으로 들어가면 길도 험하지만 통신이 두절된다. 어떤 위급한 일이 일어나도 이들을 도울 수가 없다. 다행히 김두식 김도형 대원이 타고 있는 프라도에는 위성전화가 24시간 열려 있다. 이들이 트럭 세 대로 움직이는 이유는 혹시라도 일어날 수 있는 만약의 사태에 대비하기 위해서다.

아프리카 오지에서 일하는 NGO 요원들에게 위성전화는 필수품이다. 생명과 직결되어 있기 때문이다. 이번 보마 작전에는 세 대의 위성전화를 쓰고 있다. 나이로비 사무실, 보마 베이스캠프, 그리고 프라도에 각각 한 대씩 준비해 놓았다. 이번 사업 기간 동안 쓸 통신비만 해도 500만 원 가까이 될 것이다. 우리는 서로의 위성전화 상태를 점검하며 아쉬운 작별을 했다. 내가 대원들과 헤어질 때 늘 하는 마지막 말이 있다.

"살아서 돌아와!"

긴급구호 현장은 늘 죽음을 마주하는 곳이다.

"그 팀은 왜 그렇게 사고가 많이 나지?"

사람들은 우리가 너무 위험하게 일한다며 그렇게 하지 말라고 충고한다. 사실 위험한 곳으로 가지 않으면 사고 날 이유도 없다. 남들 눈에는 우리가 마치 죽음의 계곡을 찾아다니는, 어쩌면 죽으려고 작정한 사람들처럼 보일지도 모른다. 하지만 죽음의 위협 속에 있는 사람들을 구하기 위해 그 속으로 들어가지 않으면 어떻게 구할 수 있겠는가? 모두 도망쳐 나오는 불구덩이에 뛰어 들어가는 소방관들이 없다면 누가 화재로 죽어 가는 사람들을 구할 수 있겠는가? 위험 속으로 들어가는 것이 문제가 아니라 그 위험에서 살아나올 수 있도록 우리가 잘 무장되어 있는가, 그것이 중요하다. 마치 소방관이 장비를 철저히 갖추고 화재 현장으로 들어가는 것처럼.

팀앤팀은 전쟁과 재난으로 죽어 가는 사람들을 돕고자 시작되었다. 우리가 투르카나와 가리사를 첫 사역지로 택한 이유는, 남부 수단과 소말리아로 들어가기 위해서다. 당시 아프리

카에서는 두 나라만 전쟁 중이었다. 우리는 늘 서로 이런 이야
기를 나누곤 했다.

"어느 날 이런 고난의 길이 싫어지고 안주하려는 마음이 생기
면 모두 자진 해산하자."

약속을 지키는 사람들

마침내, 우리를 태운 세스나기가 보마에 도착했다. 얼마나 오
랫동안 기다렸던 순간인가? 앞이 보이지 않아 포기하고 싶었
던 순간은 또 얼마나 많았던가? 몇 번이나 그만두고 싶었지만,
이곳에서 고통스럽게 죽어 가는 사람들이 눈앞에 아른거려
그 길을 멈출 수가 없었다. 자금도, 인력도 부족했지만, 죽어
가는 사람들을 살려야 한다는 생각 하나만으로 걸어왔다. 그
동안 함께 달려온 팀앤팀 공동체와 한국 정부에 감사했다. 무
엇보다 이 멀고 위험한 아프리카까지 직접 자원한 현장 봉사
대원들이 고마웠다.

우리가 비행기에서 내리자 마을 사람들의 감격은 말로 표현할
수 없을 정도였다. 약속대로 공사팀을 데리고 오리라고는 크
게 기대하지 못했으리라. 방문객들은 떠날 때 으레 '반드시 다

우리를 마중 나온 주민들

시 돌아올 겁니다!'라고 작별 인사를 한다. 하지만 현지인들은
그 말을 있는 그대로 믿지 않는다. 다시 오는 것이 얼마나 어려
운지 잘 알기 때문이다. 실망도 크지 않겠지만, 그렇다고 큰 기
대를 갖는 것도 아니다.

약속을 지키는 것!
그것은 그 사람들을 소중하게 여기는 마음에서 흘러나온다.
굶주린 사람들에게 구호 식량을 나누어 주는 것은 어렵지 않다.
그러나 영혼을 소중히 여기는 마음은,
진실한 사랑이 있어야 가능하다.
기쁨으로 자신을 희생하는 고귀한 삶이
바로 참사랑의 모습이다.

함께 어려운 고난의 길에 동참하는 팀앤팀 가족들과
또 그런 삶을 진심으로 살고픈 모든 분들께 이렇게 외치고 싶다.

"당신들이 바로 사랑의 통로입니다!"

메를린병원의 길마

선발대로 먼저 온 우리에게는 아직 차량이 없었다. 트럭과 프
라도가 들어와야 제대로 일을 시작할 수 있다. 물건을 베이스
캠프로 운반할 방법을 생각하고 있는데, 한 청년이 다가왔다.
"마르코입니다. 캠프로 모시라는 지시를 받았습니다. 저는
JAM (Joint Aid Management)에서 일하고 있습니다. 트럭을 가
지고 왔는데, 짐을 먼저 실은 후 캠프로 모시고 가겠습니다."
JAM은 아프리카 오지에 들어가 구호 사업을 하고 있는 남아
프리카 NGO다. 그들은 보마에서 지하수 개발 장비 한 대로
관정을 개발하고 있었다. 하지만 물을 얻을 수 있는 깊이까지
굴착할 수가 없어 사업을 잠시 중단하고 있었다. 얼마 안 있으
면 성능이 좋은 장비와 기술팀이 들어온다고 했다. 다행히 그
들에게 사륜구동 트럭이 두 대나 있어서 필요할 때 도움을 받

을 수 있었다.

우리는 두 말 없이 마르코의 트럭을 타고 팀앤팀 베이스캠프
로 갔다. 2,000여 평쯤 되는 캠프는 당장 숙소로 쓰기에 문제
가 많았다. 물도 없고 음식을 만들 수도 없었다. 일단 프라도
가 들어와야 뭐라도 할 수 있었다. 발전기를 비롯해서 모든 물
품이 컨테이너 안에 들어 있기 때문이다. 말없이 서 있는 내게
마르코가 다가왔다.

"팀앤팀 캠프가 준비될 때까지 메를린병원에서 머물 수 있도
록 해 놓았습니다. 오늘은 그곳으로 가는 것이 좋을 듯합니다."

"마르코, 고마워요."

"다시 타십시오. 짐도 가지고 가는 게 안전할 것 같습니다."

우리는 활주로에서 1km 떨어진 메를린병원으로 갔다. 병원 책
임자인 길마는 우리를 가족처럼 따뜻하게 맞아 주며 자기들
캠프에 머물 수 있도록 해 주었다. 40대 중반의 길마는 에티오
피아 사람인데 한국과 깊은 인연이 있었다.

"저희 아버님이 1950년 한국전쟁 때 유엔군 소속 에티오피아
부대원으로 참전하셨어요."

메를린(Merlin)은 1993년, 세 명의 영국인이 긴급 의료 지원을
위해 지구촌 재난 지역에 들어가면서 시작된 의료전문 NGO
다. 세 사람은 의사, 행정가 그리고 물류 수송 전문가로 친구들

이었다. 이들은 침실 한 칸을 사무실로 개조하고 열정을 가진 의사, 간호사, 약사와 이들을 돕는 여러 전문가들을 모아 의료 봉사를 시작했다. 이후 보스니아에 100만 파운드 상당의 식품 과 의료품을 보내는 것을 시작으로 지금은 전 세계 40여 개국 에서 자신들의 선한 꿈을 이루어 가고 있다.

아프가니스탄(1994년), 르완다(1995년), 시에라리온(1996년), 러 시아(1997년), 온두라스(1998년), 타지키스탄(1999년), 아프가니 스탄(2000년), 인도(2001년), 콩고(2002년), 케냐(2003년), 수단 (2004년), 스리랑카와 인도(2005년), 라이베리아(2006년), 방글 라데시(2007년)……. 그들은 재난이 일어나는 곳이면 어디든 지 달려갔다. 이들은 단기 봉사만 하는 게 아니라, 장기적으로 그 나라에 머물면서 의료 시스템이 자리 잡을 수 있도록 장기 적으로도 도움을 주고 있다. 이곳 보마에는 2004년에 처음 진 료소를 열었다.

계곡에 빠진 트럭

우리가 도착한 다음 날, 장윤호 정정애 대원과 이인구 포크레 인 기사가 도착했다. 그리고 캐나다 토론토에서 젊은이들 열

명이 아프리카를 돕겠다며 자원해서 왔다. 메를린병원에서 며칠을 보낸 우리는 이들과 함께 베이스캠프로 이동했다. 그리고 공사 장비를 실은 컨테이너가 들어올 때까지 여러 가지 준비를 하기 시작했다.

그런데 12월 12일 오후, 위성전화가 급하게 울렸다. 발신자는 컨테이너와 함께 들어오고 있는 김두식 대원이었다.

"국경 기점 150km 지점에서 트럭이 언덕을 넘지 못하고 있습니다. 외부 도움이 없으면 빠져나오지 못할 것 같습니다. 나이로비 베이스와 의논해 해결책을 찾아 주십시오."

문제의 현장은 계곡이 깊고 돌이 미끄러워서 사륜구동 트럭이 아니면 넘어올 수 없는 곳이다. 트럭을 계약할 때 사륜구동이어야 한다고 몇 번이나 강조했는데도, 트럭 주인이 이륜구동을 보내 결국 문제가 생겼다. 사륜구동이 한 대라도 있으면 서로 끌고 당기며 빠져나올 수가 있으련만, 트럭 세 대 모두 이륜구동이었다. 이 고비를 어렵사리 넘긴다 해도 남은 200km의 험한 길을 무사히 지나올 수 있을 것 같지 않았다. 난감한 상황이 벌어진 것이다.

바로 그때 어떤 젊은 현지인이 나를 찾는다며 베이스캠프로 왔다. 사실 우리가 이곳에 도착한 뒤 수시로 사람들이 찾아왔다. 학비를 보조해 달라, 일을 하게 해 달라…… 이런저런 도

움을 요청했다. 아무도 만나고 싶지 않았지만 일단 밖으로 나
갔다. 그런데 공항에서 우리를 트럭으로 데려다준 마르코가
서 있었다.

"어려운 일은 없습니까? 도움이 필요하면 언제든지 저를 불러
주십시오."

타이밍이 너무도 절묘했다. 보마에서 우리를 도와줄 수 있는
차량은 JAM 트럭뿐인데, 어떻게 알고 마르코가 바로 이 시간
에 찾아왔단 말인가?

"우리 트럭이 들어오다가 지금 계곡에 빠져 있습니다. 가서 도
와줄 수 있나요?"

"어디죠? 낮에는 너무 더워서 타이어가 자꾸 펑크 납니다. 오
늘 밤 떠나는 것이 좋습니다. 우선 우리 책임자에게 허락을 받
아야 합니다."

우리는 마르코와 함께 JAM 보마 지부장 솔로몬을 찾아갔다.
솔로몬은 호의적이었다.

"차량을 쓰려면 나이로비 JAM 본부의 허락을 받아야 합니
다. 하지만 상황이 워낙 급하니 바로 출발하는 게 좋겠습니다.
단 자동차에 필요한 디젤과 펑크가 날 경우를 대비해서 타이
어 땜질용 접착제를 몇 세트 주시면 좋겠습니다."

우리는 곧장 메를린병원의 길마를 찾아가 트럭이 들어오면 갚

기로 하고 디젤 40리터와 접착제 세 세트를 빌려 마르코에게 주었다. 마르코는 우리가 챙겨 주는 빵과 마실 물 5리터를 가지고 저녁 석양을 마주하며 보조 운전자 도도와 함께 출발했다. JAM의 트럭은 강력한 사륜구동 자동차였다.

산 넘어 산

나는 곧바로 김두식 대원에게 전화했다.

"지금 광야에서 잠을 자는 것은 위험하네. 그러니 프라도를 이용해서 보마 방향으로 50km에 있는 구론 평화마을로 가는 것이 안전하겠네. 아마 JAM 트럭이 한밤중에 도착할 테니 기사분들을 재운 다음 새벽에 함께 가서 트럭을 빼내면 될걸세."

사고가 난 곳은 토포사라는 부족이 지배하는 곳이다. 이들은 남부 수단에서 가장 사납고 난폭해 수단 사람들조차 피하는 부족이다. 같은 아프리카 사람들은 보통 물건만 빼앗지만, 외국인들은 조심해야 할 것 같았다.

구론 마을은 수단 출신 신부님이 개척했다. 은퇴하신 타반 신부님이 고통스럽게 살아가는 원주민들을 위해 지하수를 개발하고 학교와 보건소를 열어 원주민들이 새로운 삶을 살도록 만든 곳이다. 일흔이 넘은 신부님은 가톨릭 주교로 부족주의로 망가진 아프리카를 구하고자 편견 없이 모두 모여 살 수 있는 시범 마을로 이곳 구론을 개척했다. 구론 평화마을은 케냐 국경 나루스에서 약 190km, 보마에서 75km 떨어진 지역이다. 지역에서 가장 사나운 토포사 부족이 사는 곳에 세웠다는 것부터 큰 뜻을 담고 있다.

우리 같은 NGO 요원들은 구론 마을에서 물과 음식은 물론 자동차 정비까지 할 수 있으며, 위험한 밤길을 피해 하룻밤 묵을 수도 있다. 다음 날 아침 김두식 대원한테서 연락이 왔다.

"JAM 트럭이 한밤중에 도착해서 트럭 세 대 모두 무사히 끌어냈습니다. 우리는 모두 계곡을 잘 빠져나왔는데, 안타깝게도 JAM 트럭의 타이어가 펑크 나서 그곳에 남아 있습니다. 가지고 온 예비 타이어가 모두 터져서 수리를 할 수 없다고 합니다."

'산 넘어 산'이라는 말은 이럴 때를 위해 만들어졌나 보다. JAM 베이스에 있는 예비 타이어를 가지고 가야 하는데, 지금은 운반할 자동차가 없다. 트럭이 도착해 짐을 내려놓은 뒤 돌아가는 길에 전할 수밖에 없다. 마르코가 안전하게 잘 버틸 수 있어야 할 텐데······.

일단 트럭들이 계곡을 통과한 것만으로도 안심이 되었다. 가장 어려운 난관을 극복했기 때문이다. 보마 입구에 있는 계곡도 마찬가지로 깊지만 일단 입구까지만 오면 큰 어려움 없이 짐을 운반할 수 있다. 프라도와 트럭 세 대는 구론에서 하룻밤을 보내고 다음 날 아침 일찍 보마를 향해 출발했다.

"거의 다 왔습니다. 왼쪽으로 지에 마을이 보이는 것을 보니 30분 정도면 충분히 캠프에 도착할 수 있을 것 같습니다."

오후 서너 시쯤 두식 대원의 밝은 목소리가 위성전화를 통해 들려왔다.

그런데 두 시간이 지나도 나타나지 않아서 모두 걱정하고 있는데 멀리서 먼지를 보얗게 뒤집어쓴 프라도가 개선장군처럼 달려왔다. 프라도는 산타페 크기의 야전용으로 만든 강력한 3,000cc 터보 디젤엔진 사륜구동 차량으로 아무리 험한 길도 잘 달린다. 마치 죽었던 자식이 다시 살아오기라도 한 듯 그렇게 반가울 수가 없었다. 그런데 미처 반가워할 틈도 없이 김두식 대원이 다급하게 소리쳤다.

"트럭이 마을 입구 계곡을 넘지 못합니다. 직접 짐을 하역하고 운반해야 할 것 같습니다."

"……."

결국 마지막 난관을 넘지 못했지만 마을 앞까지 온 것도 기적이다. 곧바로 토론토 봉사팀을 비롯해서 마을 주민들까지 모두 동원해 트럭에서 물건들을 운반하기 시작했다. 베이스까지

멈춰 버린 트럭에서 짐을 꺼내 나르는 주민들

걸어서 20분밖에 안 되는 거리였지만, 15톤 트럭에 실린 물자
들을 일일이 옮기는 작업은 보통 일이 아니었다. 그날 밤까지
겨우 트럭 한 대에 실린 짐만 옮기고 나머지 트럭은 다음 날로
미루어야 했다. 마을에서 무장 군인 세 명을 보내 주어서 밤새
트럭을 지키게 했고, 이튿날 종일 작업해서 나머지 짐도 무사
히 옮겼다. 나이로비에서 출발할 때는 새 타이어였다는데 실
밥이 너덜거릴 정도로 닳아 있었다. 얼마나 험한 길을 달려왔
으면 이렇게 되었을지 짐작조차 할 수 없었다. 이들이 다시 무
사히 국경을 넘을 수 있을지 걱정되었지만 모두 사지에서 도망
치듯 서둘러 보마를 떠났다. 물론 중간에서 기다리고 있는
JAM 트럭을 위해 예비 타이어와 음식을 챙겨서 갔다.

155

6장

시련과 위험

검은 뱀 두 마리

프라도와 트럭들이 도착하면서 공사에 필요한 물탱크와 파이프들이 준비되었고 이제 본격적으로 공사를 시작할 수 있게 되었다. 아직 포크레인을 실은 컨테이너가 도착하지는 않았지만, 일단 계곡에 집수조를 만드는 작업부터 시작했다.

당시 동부 아프리카는 60년 만에 찾아온 극심한 가뭄으로 사람들이 고통 속에서 죽어 가고 있었다. 케냐에서 보마로 오는 길이 11월부터 바짝 말라 있었다고 한다. 보통 12월 중순이 되어야 길이 마르면서 자동차가 다닐 수 있다. 그런데 이번에는 두 달이나 빨리 말라 버린 것이다.

보마 역시 비슷한 상황이었다. 더 심각한 것은 계곡물도 아예 사라져 버린 것이다. 마을이 생긴 뒤 단 한 번도 마른 적이 없다고 하지 않았는가. 그런데 그 많던 물이 어디로 증발한 것일까? 우리가 물을 끼얹으며 장난을 치던 그 계곡이 아니었다. 무엇을 위해 이곳에 왔는지 목적을 잃어버린 느낌이었다. 물이 없다면 우리가 하려는 공사가 대체 무슨 소용이 있단 말인가. 우리는 마을 지도자들을 모아서 대책 회의를 열었다.

"저희 계획은 계곡에 물이 흐른다는 전제 하에 만든 것입니다. 이제 어떻게 하는 것이 좋겠습니까?"

근심스러워하는 우리에게 원로들이 대답했다.

"계곡 물이 마른 것은 이 마을이 생기고 처음 있는 일입니다. 아마 앞으로 수십 년, 아니 수백 년 동안 이런 일은 다시 없으리라 봅니다. 그러니 그냥 원래 계획대로 공사해 주십시오. 3월 중순부터 비가 내리기 시작하면 물은 다시 흐를 것입니다. 우기에도 우리는 흙탕물을 마셨습니다. 계곡물을 공급할 수 있다면 1년 내내 우리는 깨끗한 물을 먹을 수 있을 겁니다."

우리는 일단 계곡 상류까지 답사를 시작했다. 다행히 산 정상에 있는 샘물의 근원은 마르지 않았다. 하지만 정상에서부터 물을 끌어올 수는 없었기에 집수조를 설치할 수 있는 장소를 찾아야 했다. 또 혹시 있을지 모를 샘물도 찾아봐야 했다. 하지만 가뭄은 심각했다. 마을에 있던 수동 펌프 한 개를 제외하고는 모두 말라 버렸다. 그 펌프조차 20리터를 받는 데 한 시간 넘게 걸렸고, 먹을 물이 사라진 마을에는 아이들과 병자들이 매일 죽어 나가고 있었다.

샘물팀은 지난 11월 마지막 답사를 왔던 김두식 대원이 보았다는 샘물을 찾아 계곡을 따라 올라갔다. 물이 사라진 계곡에는 짐승들도 죽어 가고 있었다. 그런데 갑자기 5~6m는 됨직한 시커먼 뱀 두 마리가 우리 앞에 나타났다.

"엇!"

인기척에 놀란 뱀은 황급히 근처 거대한 나무뿌리 속으로 도망갔다. 다들 얼마나 놀랐는지 한 발 물러서며 주변을 조심스레 살폈다. 아프리카 사람들은 뱀을 아주 무서워한다. 소리 없이 다가와서 사람을 물기 때문이다. 그런데 놀랍게도 뱀이 사라진 나무뿌리 주변에서 샘물이 쉬지 않고 흘러나오고 있었다. 많은 양은 아니었지만, 제대로 모을 수만 있다면 죽어 가는 마을 사람들이 위기를 넘기는 데 도움이 될 것 같았다. 샘에서 흘러나오는 양을 측정해 보았더니 하루에 15톤에서 20톤 정도로, 만 명 정도가 쓸 수 있는 양이었다. 보통 하루 동안 성인한테 필요한 식수는 2~3리터 정도다. 그 양을 1~2리터로 줄인다면 마을 사람 전체가 극심한 건기를 이겨 낼 수 있을 것이다. 하지만 너무 양이 적어서 과연 마을까지 끌어갈 수

160

있을지 확신할 수는 없었다. 하지만 다른 대안이 없었다. 3월 말 우기가 시작되면 계곡에 물이 다시 흐를 것이고 마을에 충분한 물을 공급할 수 있을 것이다. 일단 우기가 올 때까지 넉 달 동안 이어질 건기를 견뎌 낼 수 있게 할 수 있는 모든 시도를 해야만 했다.

드디어 샘이 흘러나오는 바로 옆에 주主 집수장을 만들기로 하고 본격적으로 공사를 시작했다. 비록 양은 적었지만 샘물이 없었다면 집수조 공사에 필요한 시멘트 콘크리트 작업을 할 수 없었을 것이다. 적은 양의 샘물은 공사뿐 아니라 주민들의 생존에 꼭 필요한 생명수가 되었다. 처음엔 계곡물이 사라져 실망했지만 예전처럼 물이 많이 흐르고 있었다면 집수조 작업이 쉽지 않았을 것이다. 아무리 어려운 상황에서도 처음에 세운 선한 꿈을 포기하지 않고 최선을 다한다면 꿈은 이루어진다는 교훈을 우리 모두 얻을 수 있었다.

총각 가슴 홀린(?) 총각

우리는 전체 인원을 샘물팀과 펌프팀으로 나누었다. 펌프팀은 김두식 대원을 중심으로 박정원 정혜령 부부가 함께했고, 마을 펌프를 책임지고 있는 요하네스가 합류했다. 우선 마을의 고장 난 펌프들을 점검하고 수리하는 일부터 시작했다. 고칠 수 있는 펌프들을 신속하게 고쳐서 한시라도 빨리 주민들이 물을 쓸 수 있게 만들어야 했다.

샘물팀은 장윤호 팀장을 중심으로 정정애, 김도형 대원과 마을 청년 스무 명이 함께했다. 그리고 김태현 자문위원이 곁에서 중요한 자문을 해 주었다. 마을 원로들이 가장 건실한 모범 청년들을 엄선해서 보내 주었고, 영어 회화가 가능한 김도형이 현지 청년들을 책임지기로 했다. 성격이 착하고 부드러운 그는 현지 청년들에게 인기가 많았다.

한번은 도형이 마을 청년들과 함께 팀원인 제미스 집에 놀러 간 적이 있다. 모두 옥수수 가루로 빵을 구워 맛있게 먹고 있었다. 한창 즐겁게 놀고 있는데, 울타리 밖에서 마을 처녀들이 웅성거리고 있지 않는가. 웬일인가 싶어 쳐다보니 다들 잔뜩 화가 나서 도형을 노려보고 있었다. 깜짝 놀란 도형이 제미스에게 물었다.

"제미스, 내가 뭐 실수했어?"

제미스가 자초지종을 알아보러 밖으로 나갔다가 잠시 뒤 박장대소를 하며 돌아왔다.

"마을 처녀들이 외국 여자가 들어와 마을 총각들 마음을 홀

리고 있다고 생각해서 널 혼내 주려고 오늘 우르르 몰려온 거
야."

"……."

도형의 예쁘장하고 뽀얀 얼굴 때문에 그만 여자로 오해한 것
이다. 곧 오해는 풀렸는데, 이제는 현지 여자아이들이 예쁘게
차려입고 자꾸 도형 앞에 나타나는 것이 아닌가. 도형이는 자
신을 흠모하는 몇몇 아가씨들 덕에 우리에게 놀림을 많이 받
았다.

"도형아, 오늘은 누가 네 색시였니?"

도형은 그때 서른두 살이었는데, 대학교수였던 아버지를 일찍
여의었다. 그래서 초등학교 교사인 어머니와 남동생 무형을 돌
보는 가장으로 살아왔다. 다니던 대학교를 중퇴하고 컴퓨터
계통 회사를 다니다가 건축 현장까지, 제법 다양한 인생을 살
아온 청년이다.

그런데 어느 날 어머니한테서 보마 이야기를 들었단다. 그때
단 한순간도 망설이지 않고 어머니와 함께 우리를 찾아왔다.
어머님은 귀한 아들을 우리에게 맡기면서 당부했다.

"이제부터는 팀앤팀의 아들입니다!"

나는 내심 걱정했다. 너무 곱게 자란 모습이어서 과연 이런 험
한 일을 감당할 수 있을까 염려했던 것이다. 하지만 도형은 장

윤호 샘물팀장의 총애를 받으며 현지인 스무 명을 놀랍게 통솔하며 무슨 일이든지 척척 해결하는 우리 팀의 해결사였다.

고된 노동에 지쳐 가는 마을 청년들

샘물팀은 먼저 1km 정도의 산길을 내는 일부터 시작했다. 자동차 한 대 정도 다닐 길을 만드는 데만 거의 일주일이 걸렸다. 산길이 완성되자 우선 샘을 잘 정비해 오염 물질이 들어갈 수 없도록 출구를 파이프로 고정시키고 상부를 시멘트로 밀봉했다. 그리고 샘에 작은 호스를 하나 따로 연결해서 물이 옆으로 흐르도록 해 놓았는데, 샘물을 젖줄로 살아가는 주변 동물들을 위한 배려였다. 일단 고통 속에 있는 주민들이 샘물을 먹을 수 있도록 집수조에서 마을 상부까지 2km쯤 되는 파이프 연결 작업이 시급했다. 집수조 공사가 끝나면 가장 먼저 이 작업을 해야 한다.

마침내 본격적인 집수조 공사를 시작했다. 샘물 바로 옆에 수백 년 동안 계곡물이 흐르면서 만들어진 깊은 웅덩이가 있는데, 물이 더 많이 고일 수 있도록 돌과 시멘트로 둑을 쌓고 외부의 오염을 막기 위해 뚜껑을 만드는 작업이었다. 계곡에 흐르는 물은 일단 집수조를 거쳐 하류로 흘러가기에 집수조는 늘 깨끗한 물로 채워지게 된다. 집수조에는 적어도 10~20톤의 물이 늘 머물게 되는데, 이 물은 110mm 파이프를 통해 마을 상부에 만들 30톤짜리 주 저장 탱크에 보내진다. 그리고 저장 탱크의 물은 지하에 묻은 파이프를 통해 중력으로 2만여 명이 살고 있는 지에 마을과 2~3만여 명의 이티 마을에 공급된다. 이번에 설치하는 전체 파이프 길이는 10km쯤 될 것이다.

작업에 필요한 시멘트와 파이프를 산 중턱까지 옮기는 일은 수단 청년들에게 정말 힘든 일이었다. 베이스에서 집수조까지 거리는 3km 정도였지만, 고도가 150m쯤 차이가 나는 산 중턱까지 섭씨 50도가 넘는 뜨거운 대낮에 운반하는 일은 살인적인 노동이라고 해야 할 것이다. 틀림없이 이들 모두 태어나서 이렇게 힘든 노동을 해 본 적이 없을 것이다. 죽어 가는 마을을 살리겠다는 사명감이 없었다면 애당초 가능한 일이 아니었다. 그래서 처음부터 원로들에게 가장 성실하고 건강한 청년들이 있어야 한다고 강조했고, 모두 특별히 선발된 인원이었다. 물론 팀앤팀에서 매일 일당을 지급하기도 하지만 마을을 살리기 위한 주민 전체의 염원을 이루기 위해 선발된 사람들이어서 쉽게 그만둘 수도 없었다.

집수조 공사를 마무리하고 집수조에서 산 중턱의 중간 탱크

계곡이나 샘물 집수조에서 나온 물이 보조 탱크까지 흘러가도록
파이프를 연결하는 작업

까지 파이프를 연결하는 작업을 시작했다. 500m 거리였는데
깊은 계곡의 울창한 나무 위로 파이프를 연결하는 고도의 기
술이 필요한 위험한 작업이었다. 물이 많이 흐를 때를 대비해
파이프를 나뭇가지에 확실하게 고정해야 하는데, 한 군데만
무너져도 파이프를 연결한 부분이 분리되면서 모든 파이프가
분리될 수도 있었다. 이 작업을 하면서 청년들이 몇 번이고 데
모를 했다.

"너무 힘들어서 못 하겠어요!"

"이건 인간이 할 수 있는 일이 아닙니다!"

교대로 몸살이 나서 쓰러지는 청년들을 보며 우리 마음도 안

고장 난 펌프를 고치고 있는 대원들

쓰러웠다. 이 와중에 육군 중사 대공포 사수였던 마시유는 저
녁마다 술을 마시는 통에 다음 날이면 힘을 못 썼다. 맑은 정
신으로 일할 때는 누구보다 열심히 일했지만, 조금이라도 술기
운이 있으면 다음 날 몰래 빠져나가 숲속에서 잠을 자기 일쑤
였다. 우리는 결단을 내려야 했다.

"마시유! 자네를 마을 원로회의에 넘길 테니 내일부터는 나오
지 마세요. 그리고 다른 사람도 힘들면 내일부터 나오지 않아
도 좋습니다. 내일 아침 안 보이는 사람은 그만두는 것으로 알
고 원로회의에 다른 사람을 부탁할 것입니다."

이 말 때문인지, 다음 날부터 게으름을 피우거나 지각하는 사

임시로 연결한 파이프로 식수를 공급하는 대원들

람이 없어졌다. 이들이 가장 두려워하는 것은 우리가 이 작업을 포기하는 것이다. 그리고 자신들이 성실하지 못해서 실패한다면 영원히 부족 앞에서 죄인이 될 것이다.

드디어 산 중턱의 보조 탱크가 완성되었다. 이 보조 탱크는 200m 고도 차이 때문에 생긴 수압으로 묻어 놓은 파이프가 망가지지 않도록 완충 작용을 할 것이다. 이제 보조 탱크에서 주 저장 탱크까지 1.5km를 파이프로 연결하는 작업이 남았다. 이곳부터는 지하 1m 깊이에 파이프를 묻을 것이다. 사람과 짐승 떼가 많이 지나다니는 길목이 있어서 훼손되기 쉽고 밤

과 낮의 온도 차이로 파이프에 변형이 생길 수도 있어서 지하
에 묻기로 했다. 지하에 파이프를 묻는 작업은 포크레인이 도
착하면 시작하기로 하고, 일단 임시 파이프를 지상으로 연결
해 최대한 빨리 샘에서 나오는 물을 주민들에게 공급하기로
했다.

한편 펌프팀은 고장 나 버려진 펌프들을 정밀 조사하고, 물이
있는 관정에 우리가 가지고 간 수중 펌프를 연결했다. 그리고
날마다 네 시간씩 발전기를 돌려 주민들에게 물을 공급하기
시작했다. 샘물팀이 공사를 마무리할 때까지 사람들이 살 수
있도록 해야 했다. 또한 고장으로 방치되어 있는 펌프들을 하
나하나 점검하고 수리하기 시작했다.

술 취한 국경 수비대

공사를 시작한 지 2주가 지나도록 포크레인을 실은 트럭이 오
지 않고 있었다. 컨테이너가 케냐의 몸바사 항구에 도착했지
만 수속이 늦어지고 있었다. 이인구 기사는 1월 말이 되기 전
에 한국으로 돌아가야 하는데, 그러려면 최소한 12월 말 안으
로는 포크레인이 도착해야 했다. 매일 아침 나이로비 사무실

과 전화로 씨름했다. 드디어 12월 21일, 컨테이너 트럭이 몸바사를 떠났다는 소식을 들을 수 있었다.

그런데 이티 마을 주민들에게 물을 공급하던 수중 펌프에 문제가 생겨 작동을 멈추는 바람에 마을은 말 그대로 난리가 났다. 식수 공급 중단은 삶을 불편하게 하는 것이 아니라 생존과 직결되는 문제이기 때문이다. 만사를 제쳐 두고 펌프를 수리하러 나이로비로 가야 했다. 12월 24일 아침, 김두식 대원과 나는 고장 난 펌프를 가지고 나이로비로 출발했다. 이인구 포크레인 기사도 우리를 따라나섰다. 국경에서 포크레인을 실은 트럭을 만나 함께 들어오겠다는 생각이었다. 중간에 트럭이 언덕을 넘지 못하는 일이 또 일어나면 포크레인으로 끌어 주겠다고 했다.

우리는 12시간쯤 걸리는 험한 길을 쉬지 않고 달려 마침내 밤 9시쯤 수단 국경 나다팔에 도착했다. 어지간히 험한 길을, 의자 없이 뒷자리 합판 위에 침낭만 깔고 앉아 있던 이인구 기사가 하소연했다.

"속옷 엉덩이 부분이 다 닳아서 없어졌어요!"

안쓰러움에 웃지도 울지도 못할 상황이었다.

우리는 국경 수비대 사무실 앞 휴게실 정문에 차를 세운 뒤 경적을 울렸다. 뜨거운 날씨에 열 시간 이상 먼지 속을 달려온 우리는 그저 시원한 음료수 한 잔을 마시고 싶었을 뿐이었다. 닫혀 있던 휴게실을 향해 몇 번인가 경적을 울리는데, 갑자기 총을 든 군인 10여 명이 몰려왔다. 우리 자동차를 에워싼 그들은 이미 술에 취한 상태였다.

"모두 당장 내려!"

리더로 보이는 군인이 총구를 정면으로 겨냥하며 소리쳤다. 우리 차에는 보마에서 우리를 보호하라고 보내 준 마틴이라는 군인이 함께 타고 있었다. 마틴은 태어나 이렇게 먼 여행은 처음이라고 기뻐하며 따라온 순박한 청년이었다. 마틴은 우리를 보호하겠다며 자기 총을 들고 차에서 내리며 말했다.

"모두들 멈추시오. 보마에서 온 귀한 손님들입니다. 수상한 사람들이 아닙니다. 나는 이들을 보호하기 위해 보마에서 함께 온 군인입니다."

우리가 내심 마틴에게 고마워하고 있는데, 느닷없이 군인들이 마틴의 총을 빼앗고 구타하기 시작했다.

"너는 또 뭐야? 너 무를레 부족이지?"

평화협정이 맺어지기 전, 남부 수단의 반군은 세 파벌로 나뉘어 있었다. 보마를 중심으로 하는 반군과 국경을 중심으로 하는 부족들은 사이가 좋지 않았다. 정치적으로는 남부 수단에 평화가 찾아왔지만, 부족들 간의 오랜 갈등은 여전히 남아 있었다. 서로 다른 부족들이 마음으로 하나 되는 것이 얼마나 어려운지 케냐에서 이미 경험했던 터였다. 그런데도 신중하지 못했던 나 자신이 못내 후회스러웠다.

마틴을 보호하려고 내가 큰소리로 항의했다. 그러자 술 취한 군인들이 총을 내 머리에 들이대고는 고함을 질렀다. 수단 부족 말이라서 알아들을 수 없었지만, 무슨 뜻인지 대충 짐작할 수 있었다.

"죽고 싶지 않으면 입 다물어!"

이들이 마틴을 죽일까 봐 염려하느라 정작 우리 자신에게 가해지는 신변의 위협은 느낄 새도 없었다. 짧은 순간이었지만 머릿속에서 별의별 생각이 다 떠올랐다. 군인들은 자기들끼리 계속 이야기하고 있었다. 아마 한밤중에 급하게 국경을 넘어가려는 우리를 의심하고 있는 것 같았다. 어느 나라 국경이든지 24시간 열려 있을 것이라 생각한 내 무지를 탓할 수밖에 없었다. 이곳은 여전히 전쟁터였는데 말이다.

나는 영어가 되는 군인에게 조용하면서도 단호하게 부탁했다.

"국경 수비대장을 만나게 해 주시오. 우리는 수상한 사람들이 아닙니다. 보마에서 수자원 개발을 하고 있는 한국 NGO 요원들입니다. 펌프 고장으로 마을 사람들이 죽어 가는 것을 그냥 두고 볼 수가 없어서 수리하기 위해 급하게 나이로비로 가는 길입니다."

술에 취해 금방이라도 방아쇠를 잡아당길 것처럼 날뛰는 군인들을 진정시킬 길이 없어 보였다. 하지만 다행히 한 명이 정신을 차리고 동료들을 설득하자 서서히 흥분이 가라앉기 시작했다.

"따라오시오!"

이들은 우리를 수비대 사무실 앞으로 데리고 갔다. 한 시간쯤 지나자 키가 190cm에 가까운 체격이 거대한 사람이 나타났다. 우리를 도와주던 군인이 조용하게 말했다.

"국경 수비대장이요."

수비대장 역시 술 냄새를 풍겼지만 부하들보다는 냉정을 잃지 않은 모습이었다.

"이 한밤에 무슨 일로 국경을 통과하려 하시오? 마약 같은 것을 운반하는 것은 아니요?"

우리는 다시 설명을 해야 했다.

"우리는 보마에서 수자원 개발을 돕는 한국 NGO 요원들이오. 지금 펌프를 수리하기 위해 나이로비로 가는 길입니다. 그곳 사람들이 물 때문에 죽어 가고 있소."

"자동차를 수색해야겠소. 협조해 주시오!"

수비대장은 무뚝뚝하게 말했다. 수비대원들은 즉시 달려들어

자동차에 실려 있던 짐을 하나도 남김없이 조사하기 시작했다. 크고 작은 물건들을 가리지 않고 마치 자동차를 분해라도 하듯 샅샅이 뒤졌다. 그리고 물건에 대해 세심하게 질문했다. 마침내 긴 조사가 끝나자 수비대장이 부하들에게 명령했다.

"물건들을 빠짐없이 압수해 창고에 보관하라!"

"……."

기가 막혀 말도 나오지 않았다. 그렇게 설명을 했건만 압수라니! 마약이 없으면 보내 줄 것이지, 도대체 무슨 꿍꿍이로 이렇게 괴롭히는지 이해가 되지 않았다. 어쨌든 오늘은 술 취한 군인들 총부리에서 벗어난 것만으로도 감사하며 밤을 보내기로 했다.

"마당에서 잠을 자도록 하시오! 여기가 제일 안전한 곳입니다."

우리에게 친절하게 대해 주던 군인이 걱정하지 말라며 안심시켜 주었다.

아빠가 죽는다면?

겨우 정신을 차리고 보니 마틴이 아직도 보이지 않았다. 어디로 사라진 것인가? 끌려간 것인지, 두려워서 도망친 것인지 알

길이 없었다. 총을 빼앗겼으니 그냥 돌아갈 수는 없을 것이다.
우리가 데리고 왔으니 책임지고 함께 돌아가야 하는데…….
복잡한 일은 다음 날 생각하기로 하고 자동차에 가서 쉬려고
돌아섰다. 그때였다. 김두식 대원이 다가와 웃으며 말했다.

"생일 축하합니다!"

난리 치는 중에 벌써 새벽 1시가 되어 크리스마스가 되었다.
나는 조용히 건물 뒤로 돌아가 집으로 전화했다. 딸이 받았다.

"아빠다. 여기는 수단 국경이야. 메리 크리스마스!"

"아빠, 생일 축하해요!"

뜻밖의 전화에 딸아이 단비와 아내는 좋아서 어쩔 줄 몰라
했다.

"아빠는 잘 있다. 위성전화라 길게 못 한다. 오늘 날이 밝는 대
로 케냐로 넘어가 다시 연락할게. 사랑한다!"

생일을 가족과 보낸 것이 언제였는지 기억조차 나지 않았다.
갑자기 미안한 마음에 가슴이 울컥했다. 늘 이렇게 떨어져 보
내는 시간이 많아서 생일에 함께 모이는 것이 어렵다. 궁여지
책으로 누구든 생일이 되면 생일 맞은 사람이 있는 지역 시간
으로 0시에 축하 전화를 하기로 약속했다. 이번 생일엔 하필
술 취한 군인의 총구 앞에서 전화를 하고 있으니 내가 살아가
는 독특한 인생에 쓴웃음밖에 안 나온다.

언젠가 딸에게 물은 적이 있다.

"어떤 마을에서 사람들이 죽어 가는데, 아빠가 들어가면 사람들이 살고 들어가지 않으면 죽어. 그렇다면 아빠는 어떻게 해야 할까?"

"당연히 아빠가 들어가셔야지요!"

그때 두 사람 모두 환하게 웃으며 대답했다.

"그런데 들어가면 아빠도 죽을 수 있는데, 그래도 들어가야 하나?"

"……."

단비는 대답을 못 했다. 내가 다시 물었다.

"그래도 아빠가 들어가야겠지?"

"……."

그제야 단비가 고개를 끄덕였다. 차마 입으로 대답은 못 하지만 수긍한다는 표시였다.

"아빠가 돌아오지 못하더라도 엄마와 함께 열심히 살아야 해."

"……."

재난 지역에서 일하는 구호 요원들은 늘 죽음의 위협을 가슴으로 느끼며 살아간다. 평온해 보이는 장소가 언제 어떻게 생명을 위협하는 곳으로 바뀔지 아무도 예측할 수 없다. 운전을 하다가 아무도 없는 벌판에서 돌보는 가축 떼도 없이 모여 있는 젊은이들을 만나면 저절로 긴장이 된다. 대부분 순박한 원주민들이지만, 가끔은 이런 무리들이 강도로 돌변하기도 한다. 김두식 대원과는 이런 경험을 벌써 여러 번 했다.

지난번 길길에서 당한 사고가 생각났다.

나는 십여 명의 강도들에게 포로로 끌려가고 있었고, 다른 차에 타고 있던 대원들은 권총으로 피격당했다. 간신히 탈출한 내가 총소리를 듣고 달려갔을 때, 김두식 대원은 이미 온 얼굴이 피투성이가 된 채 비틀거리고 있었다. 곁에는 김택균 대원이 총상으로 피가 나는 왼쪽 손바닥을 부여잡고 고통스럽게 몸부림치고 있었다. 그 일로 두식 대원은 결국 한쪽 시력을 잃었고, 택균 대원 역시 왼손에 심한 후유증이 남았다. 고통스러운 기억들이다.

그러나 당장 다음 날 아침에 벌어질 일을 생각하면 과거 일에 마음을 빼앗길 여유도 없었다. 자동차로 돌아와 지치고 지친 몸을 의자에 던져 버렸다.

사라진 마틴

아침 8시가 되자, 자동차 엔진 소리로 주변이 소란스러워지기 시작했다. 대부분 트럭이었고 간간이 승용차도 보였다. 그때 케냐 사람으로 보이는 한 남자가 조심스럽게 다가와 애처롭게 부탁했다.

"자동차가 고장 나 2주 동안 이렇게 오도 가도 못 하고 있습니다. 나이로비에 있는 회사 사무실로 연락할 수만 있으면 도와줄 차량이 올 수 있습니다. 위성전화가 있으면 좀 도와주십시오."

무슨 일이 벌어질지 알 수 없는 이곳에서 유일하게 의지할 수 있는 것이 위성전화였다. 짧게 써야 한다고 주의를 주고 빌려주었다. 그 친구는 한참 전화한 후 이제 살았다는 표정으로 전화기를 돌려주었다.

이런 곳에서 차가 고장이 나서 그나마 다행이다. 아무도 없는 광야에서 고장이 나면 한 달이고 두 달이고 마냥 기다려야 한다. 다행히 지나가는 차를 만나면 일행을 태워 보내어 부속품을 가지고 돌아올 수 있다. 문제는 한 달이 아니라 1년을 기다려도 자동차 한 대 지나가지 않는 길이 숱하다는 점이다. 아프리카에서 자동차는 생명과 직결되어 있다. 위성전화기 역시 그런 의미에서 긴급구호 대원들에게 생명처럼 소중한 필수 장비 가운데 하나다.

수비대장이 우리를 찾는다는 기별이 왔다. 사무실로 들어가자 몇 명의 군인들이 수비대장과 함께 우리를 기다리고 있었다. 그리고 다짜고짜 따지듯 질문했다.

"어제 당신들과 함께 온 군인은 어디에 있소?"

마틴에 대해 묻고 있는 모양이다.

"우리도 찾고 있습니다. 사실 어젯밤 당신 부하들이 총을 빼앗고 심하게 구타했습니다. 우리는 당신들이 데리고 간 것으로 생각했습니다."

"구타라니 무슨 말이요? 우리 군인들이 그렇게 행동할 리 없소. 당장 찾아오지 않으면 이곳에서 한 발자국도 움직일 수가 없소!"

"차를 몰고 가서 이 동네와 옆 동네 나루스에 가서 찾아보겠습니다. 우리도 당장 그 친구를 찾아야 합니다."

하지만 수비대장의 대답이 기가 막혔다.

"당신들은 차를 가지고 나갈 수 없으며 걸어서도 나갈 수 없소. 그 군인이 돌아오기 전에는 절대로 이곳을 떠날 수 없소. 이곳에서 로키초교 국경에 이르는 광야에 가끔 무장 강도들이 나타나는데, 꼭 이런 식으로 도망친 놈들이 그런 짓을 하곤 합니다."

"……."

가끔 일어나는 사고를 예방하기 위해 10km쯤 되는 국경을 통과하는 차량들은 무장 군인들의 호위를 받기도 한다. 하지만 이런 얼토당토아니한 이유로 우리를 잡아 두려는 의도를 이해할 수 없었다. 게다가 이 넓은 아프리카 땅에서 한국인을 찾으라면 쉽겠지만, 아프리카 사람을 어떻게 찾으란 말인가? 마틴은 죽을까 봐 두려워 작심하고 도망친 것이 틀림없다. 수비대장 방을 나서는 우리는 황당하기 짝이 없었다.

도망자를 찾아내라고 윽박지르면서 정작 한 발자국도 움직일 수 없도록 억류하는 이들은 도대체 어느 나라 군인들이란 말인가. 우리는 자기 나라를 도와주러 온 사람들이 아닌가. 답답한 마음에 보마에 있는 코니 장군에게 위성전화를 했다.

남부 수단은 전쟁 중에 SRRC(The Sudan Relief and Rehabilitation Commission)라는 조직을 통해 전체 부족을 통치하고 있었다. SRRC는 중앙정부를 대신해 군사·치안·외교·건설 같은 모든 분야에서 권위를 가지고 있었다. 당시 보마의 SRRC 책임자는 코니 장군으로 현역 육군 준장이었다. 우리는 지난밤 일을 코니 장군에게 상세히 보고하고 마틴에게 문제가 생겼다고 이야기했다. 코니 장군은 즉시 물었다.

"마틴이 죽었습니까?"

"죽지는 않았습니다. 무서워서 어딘가에 피신해 있는 것 같은데 찾을 길이 막막합니다. 수비대에서는 마틴이 오지 않으면 이곳에서 나갈 수 없다며 우리를 억류하고 있습니다."

"수비대장을 바꾸어 주십시오."

코니 장군은 수비대장과 장시간 이야기를 나눈 뒤 이렇게 말했다.

"염려 마십시오. 그곳에서 20분 거리에 있는 나루스의 SRRC 책임자가 제 아들입니다. 마틴은 틀림없이 그곳에 가 있을 겁니다. 수비대장에게 이야기했으니 함께 그곳으로 가시면 됩니다."

오랫동안 전쟁의 공포 속에 살면서 이들은 본능적으로 위험이 닥치면 어디로 피해야 할지 늘 생각하며 사는 것 같았다. 이들에게는 고향 사람이 피를 나눈 한 가족과 같은 존재들이다. 그래서 어디에서 무엇을 하는지 서로 다 알고 있었다.

잠시 후, 수비대장이 우리를 다시 찾았다.

"군인 두 명과 함께 나루스에 다녀오시오. 반드시 도망친 군인을 잡아 와야 합니다."

나루스는 국경을 중심으로 이루어지는 모든 무역의 중심지여서 인구가 수만 명이나 된다. 그 넓고 복잡한 곳에서 마틴을 찾을 수 있으리라는 기대는 생기지 않았다. 아무래도 마틴은 이미 지나가는 트럭을 얻어 타고 보마 방향으로 도망치고 있을 것 같았다.

두 명의 군인을 프라도에 태우고 10분쯤 달리자 멀리 나루스 외곽에 있는 조그만 마을이 하나 보이기 시작했다. 사람들이 지나가는 차를 얻어 타려고 길가에 서 있었다. 혹시나 하는 생각에 서 있는 사람들을 유심히 살펴보는데, 마틴처럼 생긴 청년 한 명이 눈에 들어왔다. 갑자기 가슴이 뛰기 시작했다. 설마 하는 마음으로 가까이 다가가 보니, 아니나 다를까 마틴이었다. 이렇게 쉽게 찾을 수 있다는 사실이 믿어지지 않았다. 일단 차를 세우고 마틴을 불렀다.

"마틴!"

이 친구도 나를 보더니 너무나 반가워하며 달려오다가 차 안에 총을 든 수비대 군인 두 사람이 있는 것을 보고는 움찔거리며 뒤로 물러섰다. 내가 가서 어깨를 도닥이며 말했다.

"나를 믿을 수 있지? 아무 걱정 말고 함께 가자. 이미 수비대장이 코니 장군과 통화해서 모든 문제가 다 해결되었어."

그때 마틴 곁에 함께 서 있던 친구가 내게 다가왔다.

"저는 존스톤 렐레입니다. 마틴과 보마에서 함께 자란 고향 친구입니다. 어젯밤 마틴이 겁에 질려 집으로 찾아왔습니다. 정말 잘 만났습니다. 제가 함께 가서 도와 드리겠습니다."

정말 기적처럼 만났다!

우리가 조금만 빨리 갔어도 이들을 지나쳤을 것이고, 늦었다면 마틴은 이미 차를 얻어 타고 보마 방향으로 사라졌을 것이다. 존스톤 이야기로는 도망가겠다는 마틴을 아침 내내 설득하다가 일단 나루스로 가려고 방금 데리고 나왔다고 했다.

창고 열쇠

우리는 마틴과 존스톤을 데리고 국경 수비대로 돌아와 수비대
장 사무실로 들어갔다. 마틴은 여전히 두려움이 가득한 채 구
석에 움츠리고 서 있었고, 대신 존스톤이 강하게 항의하기 시
작했다. 자기들 언어여서 알아들을 수는 없었지만, 수비대장
을 꼼짝 못 하게 만들었다. 20대 후반의 젊은 친구가 얼마나
당당하게 수비대장을 추궁하는지, 그 당찬 모습이 놀라웠다.
수비대장은 자기 부하들이 구타할 리 없다는 말만 되풀이하
면서 더 이상 마틴을 문제 삼지 않았다.
"가도 좋습니다. 하지만 물건을 두고 가야 합니다. 정확한 물품
명세서에 반출해도 좋다는 보마 SRRC 직인이 찍힌 편지가 있
어야 가지고 갈 수 있습니다."
"아니, 아침에 코니 장군과 직접 통화하지 않았습니까? 왜 이
러는 겁니까?"
기가 막혔다. 수비대장과는 더 이상 어떤 대화도 통하지 않았
다. 그때 존스톤이 내게 말했다.

"지금 편지를 받으려고 보마로 되돌아갈 수는 없으니 우선 로키초교로 나갑시다. 그곳에도 SRRC 사무실이 있는데, 책임자 콜비치에게 상황을 이야기하면 무슨 해결책이라도 찾을 수 있을 겁니다. 콜비치 역시 보마 형제입니다."

우리는 이미 지치고 지쳐서 더 이상 버틸 힘도 없었다. 일단 존스톤의 말을 따르기로 했다. 로키초교에 도착한 우리는 우선 SRRC의 콜비치부터 만났다. 우리 사정을 다 들은 콜비치는 머리끝까지 화가 나서 당장 나다팔로 가자고 나섰다. 우리와 함께 나다팔에 간 콜비치는 수비대장과 언성을 높이며 싸웠다. 하지만 수비대장은 결코 양보하지 않았다. 우리 물건을 탐내는 것이 분명했다.

로키초교로 돌아온 콜비치는 우리를 데리고 무선을 할 수 있는 친구네 상점으로 갔다. 그리고 보마의 코니 장군과 교신하면서 장군 명의의 편지를 대필했다. 그리고 그 내용을 컴퓨터에 입력한 후 출력해 SRRC 명의의 직인을 찍어, 다음 날 다시 나다팔로 찾아갔다. 수비대장은 더 이상 거절할 명목이 사라지자 이제는 전혀 엉뚱한 핑계를 댔다.

"물건을 보관하는 창고 열쇠를 갖고 있던 직원이 고향으로 가서 문을 열 수 없소!"

"……."

해도 해도 너무한다. 담당 직원의 고향은 나다팔에서 세 시간 이상 떨어진 곳인데, 우리가 다시 올 것을 예상하고 미리 대피시킨 것이 분명했다. 우리는 곧장 직원 고향으로 찾아가서 온 동네를 헤맨 끝에 겨우 찾아서 데리고 왔다. 천신만고 끝에 물건들을 되찾긴 했지만, 수비대장은 입안에 뿌리는 300ml 가글 병은 끝내 돌려주지 않았다.

포크레인 컨테이너

우여곡절 끝에 로키초교로 온 우리는 펌프 수리와 포크레인 트럭 일을 처리하기 위해 헤어졌다. 김두식 대원과 이인구 기사는 트럭이 오고 있는 방향으로 프라도를 몰고 떠났다. 두 사람은 포크레인을 실은 컨테이너를 만나서 함께 보마로 들어갈 계획이었다. 그리고 나는 고장 난 펌프를 가지고 나이로비행 비행기를 탔다.

그런데 몸바사 항구를 출발한 컨테이너 트럭이 나이로비를 통과하고 하루가 지난 후부터 연락이 두절되었다. 분명히 지금은 로키초교에 도착했어야 할 차량이 중간에서 사라져 버렸다. 회사와 수없이 통화하며 확인한 사실은 차량이 12월 24일 나이로비에서 300km 떨어진 엘도렛에서 머무는 중, 운전기사가 크리스마스와 연말 휴가를 보낸다며 사라져 버렸다는 것이다. 곧바로 나이로비 사무실의 주요셉 행정책임자가 엘도렛으로 올라가 운전기사를 찾았다. 엘도렛이 고향인 운전기사는 누가 연말에 일을 하냐며 고집을 부렸지만 진심어린 설득에 마침내 마음을 돌리고 며칠 뒤 겨우 출발할 수 있었다. 아프리카는 가장들이 대부분 돈을 벌기 위해 집에서 멀리 떠나 일하다가 연말에야 집으로 돌아가 2~3주 동안 가족들과 함께 보낸다. 이들에게 12월 20일쯤부터 1월 첫 주까지 이어지는 연말 휴가는 무엇과도 바꿀 수 없는 소중한 시간이다. 이 기간 동안은 정부는 물론 회사를 비롯한 대부분의 상점이 문을 닫는다.

그런데 투르카나로 들어가는 카펭구리아에서 산을 넘다가 또 문제가 생기고 말았다.

"산을 내려오다가 브레이크가 파열되고 엔진이 과열되는 사고가 일어났습니다. 지금 산속에서 오도 가도 못 하고 있습니다."

카펭구리아를 지나면 엘곤산을 넘어야 투르카나로 들어가는데, 이 산은 해발 3,000m가 넘으며 수십 개의 가파른 계곡을 지나야 한다. 많은 차량들, 특히 대형 트럭들이 이 산을 넘을 때 브레이크가 망가지기도 하고, 오르막길에서 엔진이 과열되기도 한다.

자동차 주인은 남은 운송비 3분의 1을 우리가 지불하면 수리해서 가겠지만, 아니면 자신도 어떻게 할 여력이 없다며 버티고 있었다. 이러는 사이에 애꿎은 컨테이너만 산속에서 2주 이상 방치되어 우리 속을 태우고 있었다. 보통 계약할 때 70%를 지불하고 무사히 돌아오면 나머지 30%를 주는 조건인데, 남은 돈만 챙기고 끝내려는 차주의 심보가 훤히 보였다.

로키초교에서 콘테이너 트럭을 찾아 떠난 김두식과 이인구 기사는 그날 늦은 저녁에야 산속에서 고장 난 트럭을 만났다. 하지만 현장에서 할 수 있는 일은 아무것도 없었다. 두 사람은 트럭 회사로 직접 찾아갔지만 차주는 아예 만나 주지도 않고 피해 다녔다. 어쩔 수 없이 나이로비 사무실에서는 우리 고문 변호사에게 부탁해 '더 이상 회피하면 고발 조처하겠다'는 법적 문서를 가지고 경찰과 함께 찾아갔다. 그제야 차주가 나타나서 남은 잔금을 포기한다는 각서를 쓰고 계약을 파기하기로 했다.

우리 변호사는 친구가 운영하는 트럭 운송 회사 사장에게 연락해 새 계약서를 만들어 주었다. 계약서에는 다음 조항이 포함되어 있었다.

"계약 후 열흘 안에 컨테이너가 보마에 도착하지 못하면, 지체되는 기간만큼 팀앤팀에 벌금을 지불한다."

1월 4일, 김두식 대원과 이인구 기사는 카펭구리아 산속에 방치된 고장 난 트럭으로 다시 갔다. 이번에는 나이로비에서 새로 계약한 회사 트럭과 함께였다. 하지만 아프리카 깊은 산속에서 대형 크레인도 없이 무거운 컨테이너를 다른 트럭으로 옮겨 싣는 것은 불가능해 보였다. 다행히도 고장 난 트럭이 방치되어 있는 곳 전방 2km 지점에 석회석 광산이 있어서 다짜고짜 사장을 찾아가 사정을 설명하고 도움을 청했다. 딱한 사정을 들은 사장이 뜻밖에도 적극적으로 도와주려고 했다.

"저도 한국에 가 본 적이 있습니다. 정말 놀라운 나라였습니다."

이 회사는 우간다에 석회석을 수출하는 곳이었는데, 산에서 캐낸 석재를 트럭에 옮겨 싣는 중형 페로다를 가지고 있었다.

"디젤 기름 20리터만 채워 주시면 저희 페로다 지게차를 이용해 옮겨 드리겠습니다."

외진 산속에서 천사를 만났다.

"고맙습니다. 이 은혜를 어떻게 갚아야 할지요!"

"아닙니다. 도와 드릴 수 있어서 오히려 제가 감사하지요. 귀한 일을 하고 계신데 안전하게 잘 가시기 바랍니다."

천신만고 끝에 네 시간이나 걸려 페로다를 이용해 컨테이너를 새로운 트럭에 옮겨 실었다. 그리고 길고 험난한 보마 길을 헤치고 1월 17일, 마침내 트럭이 보마에 도착했다.

이제야 비로소 파이프 매설과 물탱크 설치 작업을 본격적으로 진행할 수 있게 되었다.

7장

한 방울의 물을 위하여

포크레인의 기적

포크레인은 온 마을 사람들의 마음을 한순간에 사로잡았다. 태어나 처음 보는 신기한 기계였기 때문이다. 단 한 번에 거대한 구덩이를 파헤치는 엄청난 성능에 주민들은 마치 눈앞에서 기적을 보는 듯했다. 그때까지 주민들은 우리에게 가볍게 인사를 하곤 했는데, 포크레인이 나타난 뒤로 이인구 기사에게만 허리를 절반이나 굽혀 예를 차리곤 했다. 이인구 기사를 초인이라고 생각하는 것 같았다.

포크레인이 들어오자 그동안 미뤄 왔던 일들이 일사천리로 진행되기 시작했다. 그동안 식수를 공급하기 위해 임시로 지상에 연결한 파이프들을 차례차례 지하에 묻었다. 하루에 500m

192

메를린병원 신축 공사를 돕는 포크레인

이상 파이프를 매설해 나가는 포크레인의 놀라운 작업 속도
에 다들 감탄하지 않을 수 없었다.

포크레인은 우리를 도와주었던 메를린병원에도 가서 한몫을
톡톡히 해냈다. 병원 신축 공사에 필요한 굴착 일을 도우며 온
마을의 사랑을 독차지한 것이다.

그때까지 마을 사람들은 샘물에서 공급되는 물과 하루 네 시
간씩 펌프로 공급되는 물로 위급한 상황을 하루하루 이겨 나
가고 있었다.

땡볕 감옥에 갇힌 소년

샘물을 공급하기 위해 임시로 설치한 1.5km의 파이프의 연결
부위가 온도 차이로 밤마다 분리되는 일이 생겼다. 대낮의 뜨
거운 열기로 늘어났던 파이프가 한밤의 서늘한 기온으로 수
축되면서 연결 부위가 벌어지는 것이다. 하지만 주민들은 이런
현상을 도무지 이해할 수 없는 모양이었다. 그들은 누군가 밤
새 물을 받기 위해 파이프를 분리한다고 생각하면서 철저하게
감시하기 시작했다.

그러던 어느 날, 우연히 파이프 근처에서 장난치던 열여섯 살
소년이 붙잡히고 말았다. 마을 사람들은 재판을 열었고,
SRRC는 소년을 마을 감옥에 감금시켰다. 감옥이라고 특별한
건물이 아니라, 섭씨 60도가 넘는 날씨에 그늘 한 점 없는 마
당에 묶여 있는 것이다. 그리고 하루에 물 한 컵만 마실 수 있
었다.

나는 그 소년이 얼마나 고통스러울까 걱정돼서 코니 장군을
찾아갔다.

"한밤의 서늘한 기온으로 파이프가 수축되어 일어나는 현상
입니다. 소년을 풀어 주십시오."

"아닙니다. 마을 주민들이 직접 보았다고 합니다. 녀석이 파이

프 옆에서 놀면서 일어난 사건입니다. 이 녀석은 물이 우리 공동체에게 생명과 같다는 것을 깨달아야 합니다. 팀앤팀 공사가 끝날 때까지 묶여 있을 것입니다. 그리고 하루 물 한 컵만으로 살게 될 것입니다."

코니 장군은 오히려 나를 설득시키려 했다.

"누구든지 팀앤팀의 일을 방해하거나 파이프를 파손하면 마을 전체의 적으로 간주하고 용서하지 않겠다고 온 마을에 공포했습니다."

"……."

얼마 후, 마을 원로들까지 모두 찾아와 우리에게 용서를 빌었다.

"우리가 아이들을 잘 통솔하지 못해서 여러분의 일을 방해했습니다. 다시는 이런 일이 일어나지 않도록 하겠습니다."

"아니, 그게 아니고……."

"용서해 주십시오!"

사실은 그게 아니었지만 도무지 우리 말을 믿으려 하지 않았다. 그 뒤 아이가 어떻게 되었는지 확인하지 못했는데, 쉽게 나오지 못했을 것 같아 생각할 때마다 안쓰러웠다.

바바, 제미스, 산토

보마에 들어온 지 어느덧 한 달 보름이 지나가고 있었다. 공사
는 잘 진행되고 있었고, 서로 낯설어하던 현지 청년들과 우리
팀도 어느새 한 가족처럼 친밀해졌다. 장윤호 팀장에게 이들
모두는 친자식들 같았고 특히 마을 사람들과 소통할 수 있게
다리 역할을 하던 바바 존스티노를 친아들처럼 아꼈다.
"바바는 아프리카에서 얻은 아들이에요. 남은 공부를 마칠 수
있도록 장학금을 주기로 했어요."
바바 존스티노는 케냐에서 고등학교를 다니다가 방학이 되어
고향에 와 있다가 우리 팀에 합류한 엘리트 청년이었다. 특히
영어로 말할 수 있어서 이번 공사에서 중요한 역할을 하고 있
었다. 도형과 한 팀이 되어 장윤호 팀장의 의도를 현지 사람들
에게 전달하는 핵심 멤버였다. 성격도 좋아서 모든 한국인들
의 사랑을 받고 있었다.
현지 청년들은 처음에는 몸살이 날 정도로 육체노동을 힘들
어했다. 하지만 새로운 것들을 하나하나 배워 가는 즐거움이
컸던지 열심히 따라 주었다. 마을 사람들은 팀앤팀에서 일하
는 청년들을 너무도 부러워했다. 청년들 역시 팀앤팀의 일원이
라는 사실에 강한 자부심을 가지고 있었다. 우리와 함께 어느

누구도 할 수 없었던 마을의 숙원 사업을 해결하고 있다는 자긍심이었다. 그리고 상상도 못 했던 새로운 기술을 직접 보고 배우는 특권을 자랑스러워했다.

우리는 사업을 시작하기 전에 마을에 두 가지를 부탁했다. 먼저 마을에서 가장 성실한 청년들을 보내 주어야 하며, 이들의 급여를 마을의 기금으로 지급하라는 것이었다. 마을 원로들은 이의 없이 받아들였다. 하지만 마을의 어려운 사정을 잘 아는 우리는 다른 NGO의 기준에 준하여 주급을 지급했다.

청년들 가운데 특별히 성실하고 영리한 서너 명은 우리 도움 없이도 맡은 일들을 훌륭하게 해내고 있었다. 현재 팀앤팀 보마 책임자로 있는 30대 후반의 바바 코코는 누구보다 성실해서 모두의 신뢰를 한 몸에 받았다. 이미 파이프 연결 분야를 통달하고 있어서 그를 보내면 모든 문제가 해결되곤 했다. 수자원 시설을 보살피며 정비하는 데 바바 코코만큼 적합한 사람도 없었다.

제미스는 마을의 펌프 관리 책임자인 요하네스의 동생이다. 머리가 영리한 그는 탁월한 지도력을 발휘해 도형이의 충실한 파트너 역할을 해냈다. 가끔 우리를 당황스럽게 하는 성격이긴 했지만, 의리를 생명처럼 여기는 친구였다. 그는 특별히 시멘트 작업에 놀라운 재능을 보였다. 바바 코코가 파이프 연결 분야를 마스터했다면, 제미스는 시멘트 콘크리트 분야에서 확실한 전문가라고 할 수 있다. 중간에 바바 존스티노가 공부를 위해 케냐로 돌아가자 제미스가 팀 전체 리더로서 우리를 도왔다.

산토 쿠주는 우리 캠프를 돌보던 청년이었다. 현역 군인으로 가끔 산에서 내려오는 맹수로부터 우리를 보호하는 경호원이자 경비였다. 하루 종일 베이스를 지키며 청소도 해 주었는데, 지루할 때면 직접 다듬은 현악기를 타면서 노래를 부르기도 했다. 낭만적인 구석이 있는 친구였다. 그런데 밤이면 늘 우리보다 먼저 잠자리에 들곤 했다. 그래서 우리는 이런 우스갯소리를 주고받기도 했다.

"참, 누가 누구를 지켜 주고 있는지 모르겠네."

축구 시합

어느 날, 우리는 날을 잡아 축구 시합을 하기로 했다. 그리고 저녁 잔치를 위해 염소 한 마리를 준비해 두었다. 축구 시합은 우리와 함께 일하는 마을 청년들과 한국인으로 팀을 나누었다. 한국팀 선수로는 토론토에서 온 청년들이 주축이 되었다.

교회에 다니는 청년들도 있어서 주일예배를 마치고 점심을 먹은 뒤, 모두 학교 운동장에 모였다. 오랜만에 마실 것도 준비하고 간식도 마련한 야유회였다. 그동안 고단한 작업을 하느라 지친 몸과 마음의 긴장을 푸는 시간이었다.

축구 시합은 볼 것도 없이 한국팀의 참패였다. 오후 3시가 넘었지만, 여전히 50도가 넘는 더위에 계속 뛸 수 있는 한국 청년은 별로 없었다. 나중에는 한국인 현지인 구별 없이 섞여 재미있게 놀았다. 그런데 갑자기 토론토에서 온 김신성 학생이 쓰러져서 일어나지 못하는 것이 아닌가. 슬리퍼를 신고 공을 차다가 오른발 새끼발가락이 부러진 것이다. 다행히 의대생 현규가 있어서 신성을 메를린병원으로 이송해 응급조치를 받게 했다.

어느덧 해가 지기 시작했다. 발가락에 깁스를 한 신성과 함께 베이스로 올라왔다. 비록 작은 사고는 있었지만 즐거운 하루였다. 이어서 염소 고기 축제가 벌어져서 모두들 오랜만에 실컷 먹으며 쌓인 피로를 풀었다. 사실 고기가 너무 질겨서 우리는 제대로 먹지 못했다. 순전히 현지 청년들을 위한 파티였다. 매일 저녁 식사를 마치면 우리는 마당에 깔아 놓은 합판 위에 둘러앉아 서로 마음을 나눌 수 있는 시간을 가지곤 했다. 샘물팀, 펌프팀, 토론토팀, 주방팀 돌아가며 하루 일과를 나누었다. 고마운 일, 아쉬웠던 일, 힘들었던 순간들을 이야기하며 서로 격려하고 감사하며 하루를 마감하곤 했다. 고단한 하루를 함께 정리하며 다시 내일을 시작할 수 있도록 새 힘을 주는 소중한 시간이었다.

가끔 노래자랑을 하기도 했다. 마이크도 없이 노래했지만, 세상에 이렇게 낭만이 넘치는 노래방도 없으리라. 60대 장윤호 팀장을 비롯해 정정애, 김태현, 이인구, 김두식, 김도형, 박정원, 정혜령 대원과 20대의 토론토 학생들까지 모두 돌아가면서 노래를 불렀다. 흘러간 7080 노래와 랩송이 한데 어우러졌다. 그 노랫소리를 듣노라면, 우리 마음은 어느새 고향의 가족들에게 가 있곤 했다.

사람만 고통스러운 게 아니다

그날도 다들 둘러앉아 즐거운 시간을 보내고 있었다. 그런데 갑자기 맞은편에 앉은 정원이가 나를 가리키며 기겁을 하고 일어섰다.

"뱀, 뱀 아닌가요?"

모두들 깜짝 놀라서 뒤돌아보니 길이 1m는 족히 됨직한 시커

먼 뱀 한 마리가 내 등 뒤를 지나가고 있었다. 이미 뭔가를 먹었는지 굼뜬 동작으로 서두르지도 않고 어둠 속으로 유유히 사라지고 있었다. 경비를 맡은 산토가 막대기를 가지고 달려와서 긴 나무 작대기로 뱀을 꾹 눌러 도망치지 못하게 했다. 잠깐 동안이지만 실랑이가 오갔다. 불쌍하니까 살려 주자는 쪽과 죽여야 한다는 쪽으로 의견이 갈라졌다. 하지만 산토의 생각은 명쾌하고 단순했다.

"살려 두면 언젠가 사람을 물어서 큰일 날 수도 있습니다. 당장 죽여야 합니다! 이티 마을로 넘어가는 계곡에는 사람 몸통만 한 뱀이 살면서 염소는 물론 아이들까지 한입에 삼키기도 합니다."

결국 산토가 뱀을 죽여서 멀리 내던졌다. 장윤호 사장은 지금까지도 농담 삼아 말하곤 한다.

"그때 뱀탕 만들어 먹었어야 했는데……."

3주 뒤, 몇 년 전에 우리 베이스캠프를 쓴 적이 있다는 NGO 지도자들이 찾아왔다. 야생동물을 보호하는 Wild Life Foundation 사람들인데 지금은 다른 지역으로 옮겨 갔다고 했다. 이들은 통성명을 하자마자 첫 질문을 던졌다.

"뱀이 많이 나오지 않습니까? 여기 땅 밑이 전부 뱀 굴입니다."

그 말에 우리가 농을 쳤다.

"며칠 전에도 한 마리 나오긴 했지만 거의 보이지 않았습니다. 아마 극심한 가뭄 때문에 뱀들도 고향을 버리고 물 있는 뱀 난민촌(?)으로 피난을 간 것 같아요."

어쩌면 미처 피난 가지 못한 늙고 병든 뱀 한 마리가 배가 고파 나왔다가 우리에게 죽고 말았나 보다. 불쌍한 녀석이다.

하루는 마당에 앉아 있을 때였다. 내 앞으로 닭 한 마리가 걸어오더니 다 말라 버린 물통의 꼭지에 입을 대고 애처로이 서 있는 것이 아닌가. 물통에서는 마지막 남은 물방울이 겨우 30분 간격으로 한 방울씩 떨어지고 있었다. 그런데 그 물을 먹겠다고 닭이 주둥이를 꼭지에 대고 기다리고 있었다. 가뭄으로 사람만 힘든 게 아니었다. 온 천지가 물이 없어 고통당하고 있었다.

주인 잃은 옥수수 가루

어느 날, 조용한 이곳 보마에 세계식량기구 WFP의 대형 트럭 여러 대가 구호 식량을 가득 싣고 들어왔다. 세계식량기구는 기아로 죽어 가는 지구촌 거의 모든 지역에서 구호 활동을 하고 있다. 이번에는 피해가 심각한 보마 주변 주민들을 위해 20

톤 트럭 10여 대에 옥수수 가루와 옥수수기름을 싣고 찾아왔다. 마을은 오랜만에 받은 구제 식량으로 축제 분위기가 되었다. 한 달 기준으로 한 사람에게 옥수수 가루 20kg과 기름이 배급되었다. 먼저 식량을 마을 행정책임 부서인 SRRC에 위탁하면 SRRC는 등록된 가족 수에 따라 나눠 준다. 오전 내내 구호 식량을 SRRC에 인계한 WFP 긴급구호 팀장이 우리 캠프를 찾아왔다.

"세계식량기구 긴급구호 팀장 솔로몬입니다. 이분은 행정을 맡고 있는 제인입니다."

건장한 체격의 솔로몬이 사정을 털어놓았다.

"오는 길에 트럭 한 대에 문제가 생겼습니다. 겨우 이곳까지 왔는데, 운전기사 말로는 수리를 하지 않으면 운행하기 어렵다고 합니다. 마을에서는 팀앤팀으로 가면 도움을 받을 수 있을 거라고 하더군요. 혹시 도와주실 수 있는지요?"

우리는 곧바로 고장 난 트럭 하부를 점검했다. 험한 길을 오면서 충격을 완화시켜 주는 완충 장치가 부러져 있었다. 이 상태로는 운행할 수가 없다.

"당장 용접을 해야 합니다."

곧 도형이 부러진 곳을 용접하기 시작했다. 수리를 하는 사이에 우리는 그들한테서 주변 마을 상황을 상세히 들을 수 있었

라바랍 마을을 찾은 우리 팀원과 WFP 직원

다. 이들은 내일 아침 일찍 보마에서 98km 떨어진 라바랍이
라는 마을을 찾아가는데, 보마 주변에서 가장 열악한 곳이라
고 했다. 우리도 얼마 전에 코니 장군한테서 라바랍 이야기를
들은 적이 있다. 보마 주민 중 상당수가 그곳에서 살 수 없어
서 이 마을로 이주해 왔다고 한다. 당시 코니 장군은 라바랍에
도 식수 개발을 해 달라고 간청했다. 그곳은 가는 길도 없어서
대형 트럭이 앞장서서 길을 만들어야 작은 차가 따라갈 수 있
다고 했다. 용접 수리가 다 끝난 뒤 솔로몬과 제인은 진심으로
감사해하며 말했다.
"내일 떠나는 저희 차에 빈자리가 있습니다. 새벽에 출발하면

모두 떠나 버린 라바랍 마을

밤늦게 돌아올 수 있습니다. 원하시면 함께 모시고 가겠습니다."
우리가 라바랍에 관심이 있다는 것을 알고 초청을 한 것이다.
정원과 두식 대원이 함께 가기로 했다.

2월 2일 새벽에 라바랍에 가는 팀을 배웅하려고 나갔는데
WFP 자동차 지붕에 닭이 몇 마리 묶여 있었다. 알고 보니 끼
니때마다 잡아먹는 식량이었다. 냉장고도 없이 장거리를 여행
하는 이들에게 가장 안전하고도 확실한 식량이었다.

그날 밤 늦게 라바랍에서 돌아온 두 사람은 너무도 가슴 아픈
이야기를 전해 주었다.

"구호 식량을 가득 싣고 들어갔더니 마을이 텅 비어 있었어

요. 강아지 한 마리 남아 있지 않더군요. 주민 2천여 명이 통째로 사라져 버린 겁니다. 모두 물을 찾아 피난을 갔겠죠."

바로 이 모습이 아프리카가 겪고 있는 현실이다. 한 모금의 물을 찾아 생존 투쟁을 해야 하는 사람들, 한 톨의 곡식을 구하기 위해 병든 가족을 데리고 천 리 길을 걸어야 하는 사람들……. 이들이 오늘날 아프리카 오지에 사는 사람들이다. 오고 가는 험한 여행길에 그들은 또 얼마나 많은 가족들의 무덤을 만들고 있을까?

슬픔을 남기고 떠난 존스톤

더 큰 장비와 필요한 물자가 도착하기만을 기다리던 JAM에 마침내 새로운 책임자가 왔다. 새 팀은 지하수 개발 장비와 물자를 트럭 두 대에 가득 싣고 어제 오후 우리 캠프 앞을 지나갔다. 반가워서 두 손을 흔들어 환영하는 우리를 향해 그들 역시 손을 크게 흔들며 지나갔다. JAM에는 특별한 마음이 있기에 더 반가웠다. 구론 근처 계곡에 빠진 우리 트럭을 구해주지 않았다면 이번 사업을 시작조차 못 했을 것이다. 온 마을이 큰 기대감으로 들떴다. 부족한 물을 공급받을 수 있는 또 다른 가능성이 보였기 때문이다.

JAM은 다음 날부터 메를린병원 옆 개울가에서 굴착을 시작했다. 하루 종일 장비 돌아가는 소리로 마을이 시끄러웠는데, 이번에 적어도 10공 이상 개발할 계획이라고 한다. 메를린의 길마가 물을 얻으러 우리 캠프에 찾아와서 일이 어떻게 되어 가는지 전해 주었다. JAM에 새로 온 지하수 개발 기술자는 존스톤이라는 남아프리카 사람인데, 먼저 환자들이 쓸 물이 시급한 병원 주변에서 지하수를 개발한다고 했다.

당시 우리는 계곡물이 마르거나, 파이프가 고장 날 경우를 대비해 몇 가지 비상 계획을 세워 두고 있었다. 그중 가장 효과적인 방법은 수량이 많은 지하수 관정에 수중 펌프를 설치해 물을 공급하는 것이었다. 산에서 공급되는 물은 중력으로 가능하지만 지하수는 수중 펌프를 이용해야 하고, 전기 구동 펌프라야 온 마을에 충분히 공급할 수 있다. 이미 수중 펌프와 발전기를 준비해 놓았지만 적절한 관정을 찾을 수 없어서 기다리고 있었다. JAM에서 좋은 관정을 개발해 준다면 온 마을에 큰 도움이 될 것이 분명하다.

두식 대원과 나는 그날 저녁 JAM 사무실로 존스톤을 찾아갔다. 그는 40대 후반 혹은 50대 초반으로 보였다. 우리는 도착한 날부터 쉬지 않고 일하는 그를 많이 격려해 주었다. 그리고 좋은 관정을 개발하면 준비해 둔 수중 펌프와 발전기로 식수를 잘 공급하겠다는 우리 계획도 들려주었다. 존스톤은 기뻐하며 함께 협력할 수 있어서 고마워했다.

다음 날 아침이었다. 일을 시작하려는데, 왠지 마을 전체가 뒤숭숭하며 분위기가 이상한 것이 아닌가. 아침 일찍부터 비행기가 몇 대 뜨고 내렸다. 마을에서 4km쯤 떨어진 우리 캠프에 물을 얻으러 올라온 길마에게 물었다.

"무슨 일 있어요? 비행기가 아침부터 여러 대 오네요."

그러자 길마가 슬픈 표정으로 대답했다.

"한밤중에 JAM 새 책임자 존스톤이 심장마비로 병원에 실려 왔어요. 새벽까지 생사를 다투다가 아침 일찍 로키초교로 후송되었어요. 그런데 이미 심장이 멎은 상태였대요."

"……."

도무지 믿기지 않았다.

엊저녁 우리와 헤어진 후 불과 몇 시간 뒤에 심장 이상으로 세상을 떠난 것이다. 우리가 찾아갔을 때 웃통을 벗은 채 성경을 읽던 그의 모습이 아직도 눈에 선하다.

길마가 전하기로는, 굴착 작업이 생각처럼 되지 않아서 무척 고생했다고 한다. 죽기 전날에도 굴착기가 땅 밑에서 꼼짝도 하지 않아 하루 종일 죽도록 고생했다고 한다. 이 일로 몸과

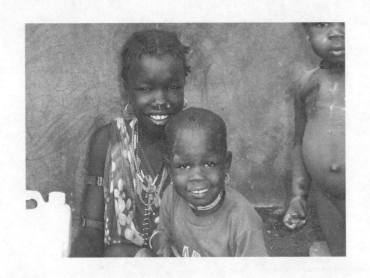

마음을 너무 혹사한 것이 원인인 것 같다고 했다.

사랑하는 가족을 두고 이 궁벽한 보마에서 쓸쓸히 숨지다
니……

"존스톤, 부디 좋은 곳에서 편히 쉬십시오!"

그 일로 JAM의 모든 공사는 중단되고 말았다.

8장

Dream Became A Reality!

떠나는 사람들 남는 사람들

샘물팀 공사가 빠르게 진전되고 있었다. 계곡의 집수조가 완공되었고, 산 중턱의 보조 탱크 설치도 끝났다. 집수조와 보조 탱크를 연결하는 파이프 공사(410m)도 힘든 작업이었지만 많은 어려움을 이겨 내고 마침내 완공되었다. 계곡을 가로질러 75mm와 110mm 파이프를 나무에 고정하는 작업은 어렵고 위험한 일이었다. 장윤호 팀장의 숙련된 기술이 없었다면 불가능했을 것이다. 75mm 파이프는 샘에서 나오는 깨끗한 샘물을 공급하고, 110mm 파이프는 집수조에 고이는 계곡물을 공급하게 된다. 건기가 끝나는 3월 말까지는 75mm 파이프를 통해 공급되는 샘물이 주민들을 기근의 위협에서 지켜 줄 것이다.

그리고 우기가 시작되는 3월 말부터는 계곡물이 24시간 무제한 공급되면서 기근이란 단어는 이 마을에서 사라질 것이다.

산 중턱 보조 탱크에서 마을 상부의 주 저장 탱크를 연결하는 파이프 매설 공사(1km)도 완공되어 계곡이 다시 마른다 해도 365일 샘물을 공급받을 수 있다. 보조 탱크부터 이티 마을까지 8km의 모든 파이프는 지하 1m 깊이에 묻었다. 사람과 짐승으로부터 보호하고, 무엇보다 뜨거운 햇빛을 피하기 위해서다. 특히 수시로 산을 오르내리는 산동네 사람들이 파이프에 구멍을 내어 물을 받곤 해서 문제가 많았다.

2006년 1월 말, 30톤 용량의 주 저장 탱크가 완공되어 계곡의

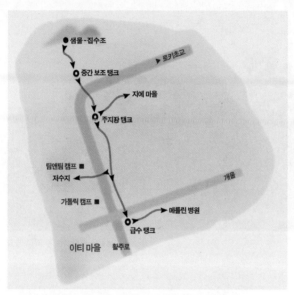

샘물-집수조

로키초교

중간 보조 탱크

지에 마을

주지장 탱크

팀앤팀 캠프
저수지

개울

가톨릭 캠프

메를린 병원

급수 탱크

이티 마을   활주로

산속의 샘물을 지에 마을과 이티 마을로 공급하는 물탱크 설치 조감도

샘물이 들어오기 시작했다. 쉬지 않고 흘러 들어오는 맑고 깨
끗한 물을 보고 있자니 말할 수 없는 감격이 몰려왔다. 마침내
꿈이 현실이 되어 눈앞에 나타나고 있었다. 사람들은 기적이
라 하지만, 이것은 따뜻하고 순수한 마음이 빚어내는 향기로
운 선물이다. 이 물은 5km 떨어진 이티 마을의 마지막 공급
탱크로 보내져서 주민들의 삶을 통째로 바꿀 것이다. 이티 마
을까지 파이프를 묻는 공사는 3~4주면 충분하기에 늦어도 3
월 초에는 모든 공사를 마칠 수 있다. 포크레인 덕분에 공사가

빠르게 진행되고 있었다.

단기 봉사팀들이 차례차례 떠나기 시작했다. 토론토에서 온 청년들이 제일 먼저 떠났다. 팀 리더 오미화를 비롯해 정정아, 김자경, 정선화, 김승국, 박나실, 김학진, 김현규, 김신성, 송은선 열 명의 청년들은 천사로 이곳에 왔다. 이들은 현장의 필요에 따라 펌프팀과 샘물팀을 도와 온갖 궂은일을 마다하지 않고 최선을 다했다. 연세대의대 본과 재학 중인 현규는 메를린 병원에서 의료봉사를 하면서 외과 수술에도 참여했다.

도시에서 성장한 청년들에게 이런 원시 환경이 쉽지 않았을 텐데, 불평도 없이 부족한 물과 음식을 나누며 지냈다. 청년들의 순수한 헌신이 주민들에게 귀한 선물이 되었다. 이곳에서 지낸 경험이 모두의 남은 인생에 아름다운 열매를 맺을 수 있으리라 믿는다.

2월 4일, 지구 반대편 먼 곳에 와서 온갖 궂은일을 도맡아 하던 이인구 기사님도 떠났다. 출발 전까지 도형에게 열심히 포크레인 운전을 가르쳐서 본인이 떠난 뒤에도 공사에 차질이 없도록 최선을 다했다. 그분의 나눔이 없었다면 짧은 시간에 이렇게 많은 일을 할 수 없었을 것이다. 이제부터 남아 있는 5km 매설 공사는 김도형 대원이 맡게 된다.

바쁘게 공사를 마무리해 가던 어느 날, 정정애 대원이 말라리아로 쓰러졌다. 고열과 설사가 심해서 메를린병원 의사가 처방한 약을 먹었지만 증상이 나아지지 않았다. 60도가 넘는 땡볕 더위에 먹지도 못하고 계속 토하기만 해서 정애 대원과 함께 다시 의사를 찾아갔다.

"무슨 다른 문제가 있는 것은 아닌가요? 열은 내린 것 같은데 설사가 멈추지 않고 몸에 힘이 하나도 없이 두통이 심하다고 합니다."

"그럴 리가요. 말라리아는 치료되었습니다. 단지 예방 차원에서 약을 드리고 있습니다."

평소 친하게 지내는 케냐 의사 호세가 걱정스레 말했다.

"앞으로 약을 얼마나 더 먹어야 하나요?"

"아마 2주일 분량이 남아 있을 겁니다. 그것만 마저 먹으면 괜찮아질 거예요."

그 말을 통역해 주자, 정정애 대원이 고개를 갸우뚱거리며 한마디 했다.

"약은 벌써 다 먹었어요. 오늘 더 타 가야 하는데……."

"……."

그 말에 의사가 깜짝 놀랐다.

"아니, 3주 분의 약을 벌써 다 드셨어요? 도대체 어떻게 먹은 겁니까?"

216

알고 보니, 하루에 한 번 먹어야 할 약을 끼니때마다 먹은 것이다. 독하디 독한 말라리아 약을 세 곱절이나 더 먹었으니 몸이 감당하지 못하는 게 당연했다.

"하하하……."

아픈 환자를 앞에 두고 우리는 모두 배꼽을 잡고 웃었다. 환자의 병 아닌 병은, 약에 취해서 생긴 것이었다. 한동안 정정애 대원을 볼 때마다 우스갯소리로 놀려 먹었다.

"아니, 아프리카에 오시더니 원주민 수준이 되셨군요!"

그런데 얼마 지나지 않아서 이번에는 정혜령 대원이 쓰러졌다. 초저녁부터 아프기 시작했는데, 고열에 복통을 호소했다. 밤늦도록 혜령의 신음 소리에 모두 잠을 이룰 수가 없었다. 새벽 3시쯤, 견디다 못한 남편 정원이 텐트로 찾아왔다.

"메를린병원에 당장 갈 수 있겠습니까?"

"그렇게 심각한가?"

"입원하는 것이 안전할 것 같습니다."

증상만으로는 장티푸스 같았다. 그래도 만에 하나 말라리아라면 하룻밤에 큰일을 치를 수도 있다. 곧장 메를린병원으로 사람을 보내 길마에게 도움을 청했다. 30분쯤 지났을까. 길마가 랜드크루저를 몰고 와서 혜령과 정원을 데리고 내려갔다. 다음 날 검사 결과가 나왔는데 박테리아균에 감염된 장염과

위염이라고 했다. 혜령은 한 주 넘게 입원 치료를 받고서야 캠프로 돌아올 수 있었다.

토목공학을 전공한 서른두 살의 박정원은 학부 시절 내가 강사로 참여한 콘퍼런스에서 식수 문제의 심각성을 알게 되었다. 그때 나는 강의 중에 말했었다.

"고통당하는 사람들을 정말 돕고 싶으면 전문가가 되어서 오십시오. 최소한 전공 분야에서 5년 이상 실무 경험을 쌓은 뒤에 와야 합니다."

그는 졸업하고 지질 탐사 계통 회사에서 5년 가까이 경험을 쌓은 뒤 우리 팀에 합류했다. 언제나 성실한 정원은 힘든 보마에서도 날아다니듯 일했다. 아내 혜령도 아이들 사랑이 유별나서 보마 아이들의 사랑을 독차지했다.

물이 없이는!

메를린병원이 곁에 있어서 얼마나 다행인지 모른다. 이들이 없었다면 더 심각한 상황이 일어났을지도 모른다. 메를린병원에서도 우리에게 늘 감사하다고 했다. 주 저장 탱크 공사에 물이 꼭 필요해서 산에서 끌어오는 샘물 공급 파이프를 우리 캠프에 연결해 놓았다. 낮에는 주민들에게 공급하지만 해가 저물면 우리 캠프에서만 물을 받을 수 있다. 메를린병원을 비롯해서 보마에서 일하는 다른 NGO 요원들이 물이 필요할 때면 언제든 와서 물을 받아 가곤 했다. 또 3개월 동안 인부를 동원해야 할 수 있는 병원 터 닦는 공사를 포크레인을 이용해서 단 두 시간 만에 처리해 주기도 했다. 늘 가족처럼 함께 일하는 메를린의 길마와 책임자 스테판이 말했다.

"물 없이는 병원이 있을 수 없고
물 없이는 학교도 못 열고
물 없이는 공동체마저 존재할 수 없으며
물이 없으면 아예 생명이 존재할 수가 없습니다."

그리고 이렇게 덧붙였다.
"팀앤팀이 있어서 어려움 없이 병원을 운영할 수 있습니다."

어렵고 힘든 지역일수록 손을 맞잡는 연대의 마음이 절대적으로 필요하다. 지구촌 모든 사람들이 한 가족이라는 넓고 큰 가슴을 가진 세계시민들이 절실하다. 그런 시민들이 연대해서 조난당한 지구촌호에서 사람들을 살려 내야 한다.

구명정은 많을수록 좋으며 구명줄은 튼튼할수록 좋다. 연대를 통해 더 많은 구명정을 만들 수 있으며, 더 강력한 구명줄을 준비할 수 있다. 조건 없이 사랑을 실천하려는 순수한 마음은 구명정의 엔진과 같다. 그런 고귀한 희생으로, 어떤 파도에도 침몰하지 않고 우리 모두 목적지까지 도달할 것이다.

진리는 삶으로 말한다

사람들은 자신의 종교를 위해 생명을 바친다. 인류 역사 속에 종교 분쟁이 그친 적이 없다. 같은 종교 안에서도 무수한 이단 시비로 역사를 피로 적셨다.

믿음은 본질적으로 신神과 자신의 문제다. 다른 종교를 파괴하는 것으로 자신의 종교를 증명하려는 시도는 거짓된 믿음의 결과다. 본디 참된 진리는 스스로 온전하기에 세상의 검증이 필요하지 않다.

진리를 소유한 사람은 자신의 믿음을 삶으로 실천해야 한다. 이웃과 더불어 웃고 울지 못하는 진리는 죽은 것이어서 세상을 구할 수 없다. 종교는 초월 영성靈性을 추구해야 한다. 하지만 세상 속에 뿌리내리는 순수한 인성人性 위에서 자라야 한다.

조건 없는 사랑이야말로 생명이며 진리이다.

자신의 종교를 사랑, 혹은 자비라는 단어로 표현할 수 있는 사람이 있는가?

경전의 내용을 인용하지 말고, 자신의 삶으로 대답해 보라.

행함으로 증명할 수 없는 믿음은 죽은 것이며, 자신의 것이 아니다.

자신이 머무는 그곳에서 믿음으로, 삶으로 실천해야 한다.

지에 마을 원로들과 함께

보마 지역에는 활주로가 있는 이티 마을에 SRRC 본부가 있다. 행정과 군사, 치안을 책임지는 본부 사무실이지만 진흙 벽에 갈대로 지붕을 덮은 엉성한 건물이다. 하지만 기관포와 탱크로 무장한 군인들이 지키고 있다.

이 마을 위쪽으로 4km 올라가면 지에 부족이 살고 있다. 이들은 주변에서 가장 사나운 토포사 부족과 언어와 문화의 뿌리가 같다. 그런데 무슨 이유에서인지 30여 년 전부터 토포사 부족의 공격을 받아 부족민 절반이 목숨을 잃었다. 그때부터 그들은 박해를 피해 난민처럼 유랑하기 시작했지만 안전한 곳을 찾을 수 없었다. 그러다 내전 중에 남부군과 한편이 되어 북부군과 싸우게 되었고, 남수단 정규군의 보호를 받으며 보마에 정착하게 되었다. 지에 마을 2만여 명의 주민들은 주로 목축과 사냥으로 살고 있는데, 얼마나 비위생적인 환경인지 차마 눈 뜨고 볼 수 없다. 여전히 신석기시대를 벗어나지 못한 이들의 삶을 보면 안타까울 따름이었다. 아이들은 싸우는 것부터 배워서 극도로 호전적이며 다른 부족 사람들은 죽음을 각오해야 이 마을에 들어갈 수 있다. 팀앤팀은 식수를 공급하면서 처음부터 친구가 되어 마치 한 가족처럼 드나들었고, 샘물팀에는 지에 부족 청년 세 명이 함께하고 있다.

지에 마을 입구에 펌프가 하나 있는데, 고장이 나 방치되어 있다. 2004년에 물을 구할 수 없는 지에 마을 주민들이 이티 마을을 공격해서 몇 사람이 죽는 불상사까지 생겼다. 이티 마을에서는 지에 부족을 이제는 추방해야 한다는 여론이 갈수록 확산되고 있었다. 그동안 펌프팀은 지에 마을에도 수중 펌프를 이용해서 마을 입구에 있는 망가진 관정의 물을 하루 네 시간씩 공급해 주고 있었다.

때마침 조항권 대표를 비롯해 네 명의 한국인이 보마를 잠시 방문했다. 제천동부교회 이현택, 이준규 목사님과 조 대표의 부친, 김두식 대원의 장모님이 함께 오셨다. 제천동부교회는

장윤호, 정정애 대원의 여행 경비뿐만 아니라 필요한 자금을 후원해 주었다. 다행히 조 대표 일행이 펌프 부품을 가지고 들어왔다. 곧 지에 마을 펌프를 수리했고, 주민들이 위태로웠던 상황을 이겨 낼 수 있게 되었다.

우리는 공사를 마무리하고 케냐로 돌아오기 전에 지에 마을 원로들과 작별의 시간을 가졌다. 한국에서 온 방문객들도 참여해서 마을 앞 공터에 있는 고목나무 아래에서 스무 명쯤 되는 원로들을 만났다. 사실 이들한테서 '고맙다'는 말 한마디라도 듣고 싶었다. 날마다 물을 공급하기 위해 고생한 펌프팀을 격려해 주고 싶었지만, 마지막까지 애절하게 부탁하던 추장의 모습에 모두 가슴 아프게 떠날 수밖에 없었다.

"오늘 밤에도 물이 없어 우리 아이들이 얼마나 죽을지 아무도 모릅니다. 제발 우리를 도와주십시오!"

사실 500명이 쓸 수 있는 수동 펌프 한 대로 주민 2만 명이 살고 있는데, 이 펌프도 언제든 고장 날 수 있기에 추장의 마음은 늘 불안할 수밖에 없었다.

이들의 절망적인 이야기를 듣고 ㈜월드크로스의 이남식 사장이 마을 앞 관정에 풍력을 이용한 펌프를 설치할 수 있도록 큰 재정을 후원해 주었다. 자신의 돈으로 인간의 생명을 살릴 수 있다면 그보다 더 값지게 쓰는 일은 없을 것이다.

Dream Became A Reality!

정든 우리를 환송하기 위해 보마 전체 주민들이 이티 마을 중앙 공터에 모였다. 떠나는 사람들을 한 명씩 소개하자 주민들은 큰 박수로 그동안 고생한 팀원들을 격려해 주었다.

이 자리에서 우리는 뜻밖의 인물을 만났다. 처음 보마에 갔을 때 보건 의료 책임자였던 프란시스 로쿠르냥이 새 정부의 국회의원이 되어 돌아와 있었다. 당시 남수단은 자치 정부였는데,

보마 주민들이 열어 준 환송회

각 부족에서 선출된 국회의원들이 모여서 다가올 독립을 준비하고 있었다. 보마에서는 프란시스 로쿠르냥을 남수단 자치 정부 국회의원으로 추천했다. 프란시스 의원이 주민을 대표해서 감격 속에 축사를 했다.

"우리는 오랜 전쟁으로 죽어 가고 있었습니다. 팀앤팀이 누구인지도 몰랐지만, 한 가닥 희망을 안고 도움을 부탁했습니다. 그때 이들은 산속의 물을 끌어와서 마을에 공급하겠다는 계획을 들려주었습니다. 그로부터 4년의 세월이 흘렀습니다. 점차 우리 기대가 사라져 갈 즈음 이들이 돌아왔습니다. 오늘 저는 제 손으로 파이프에서 흘러나오는 샘물을 받아 마셨습니다. 이들은 처음에 꿈을 이야기했습니다. 그런데 그 꿈이 현실로 우리 앞에 나타났습니다. 저는 이것이 바로 팀앤팀이 가지고 있는 믿음의 힘이라 생각합니다. Dream became a reality!"

프란시스 의원의 메시지는 짧았지만 감동적이었다.

처음에 우리는 꿈을 꾸었다. 사실 현실성이 없는 계획이었지만 죽어 가는 사람들을 내버려 둘 수 없었다. 팀앤팀 내부에서도 걱정하는 시선들이 더 많았다. 성공할 가능성이 극히 희박했기 때문이다. 하지만 이제 그 꿈이 현실에서 이루어져서 목마른 사람들의 눈앞에, 깨끗한 물이 생명수가 되어 흘러나오고 있다. 이들은 이제 건기가 와도 에티오피아 난민촌으로 피난 가지 않아도 된다. 감격스러운 일이 아닐 수 없다.

꿈은 이루어진다!

꿈은 이루기 위해 꾸는 것이다!

단, 이기적이지 않고 순수한 마음으로 목숨을 걸어야 한다.

포기하지 않고 최선을 다하면 꿈은 반드시 이루어진다.

프란시스 위원은 공사 현장을 찾아 산속 구석구석까지 가서 사진을 찍었다.

"다음 주부터 시작하는 연방의회에 이 사진을 보여 줄 생각입니다. 수단의 지도자들은 안 된다는 패배 의식에 사로잡혀 있습니다. 이 사진으로 모든 국회의원에게 우리도 할 수 있다는 도전을 심어 줄 생각입니다."

'스스로 포기하지 않는 한, 우리를 낙심시킬 수 있는 일은 이 세상에 없다!'

이 또한 팀앤팀의 정신이다.

마을 사람들과 인사를 나눈 뒤 우리는 보마 전체 부족 원로들과 마지막 모임을 가졌다. 케네디 장군을 비롯해서 모든 지도자들이 한 사람씩 돌아가며 고마운 마음을 표현해 주었다. 더이상 보마를 향한 우리의 사랑을 의심하는 사람은 없었다. 나역시 작별을 고해야 했다.

"기적이라고 표현하고 싶습니다. 하지만 여러 원로들은 물론 주민 전체가 함께했기에 가능했습니다. 이 자리를 빌려 꼭 드리고 싶은 이야기가 있습니다."

원로들이 내 다음 말을 기다리고 있었다.

"여러분이 하겠다고 결심하면 무엇이든 이룰 수 있습니다. 이일은 이제 시작에 지나지 않습니다. 아직도 무수히 해야 할 일이 우리를 기다리고 있습니다. 여전히 어렵고 힘들어 보이지만우리가 함께하면 이 산을 넘을 수 있습니다. 이제 다시 새로운꿈을 꾸어 봅시다!"

나는 학교를 열어 아이들을 가르치고, 비가 오면 녹아 없어지는 집들도 개조해야 한다고 역설했다. 그리고 화장실을 개선하고, 방역을 해서 수인성 질병의 근원을 없애야 한다고 말했다. 그리고 내년에는 가축들을 위한 저수지를 만들 거라고, 그래서 건기에도 가축들이 물을 충분히 얻을 수 있게 하겠다고 말했다. 개울에 철제 다리를 놓을 계획도 털어놓았다. 남수단은 수십 년 동안 이어진 내전으로 아이들이 초등교육도 제대로 받을 수 없는 상태였다.

"이 모든 일들을 한순간에 이룰 수는 없습니다. 외부의 도움만으로 할 수도 없습니다. 가장 좋은 모습은 여러분 스스로 이 모든 일들을 이루어 가는 겁니다. 팀앤팀은 언제나 여러분과 함께 있을 것을 약속드립니다."

그리고 이번에 조항권 대표가 들어올 때 가지고 온 100만 원이 넘는 위성전화기 한 대를 마을에 기증했다. 언제든 필요할 때 통화할 수 있도록 대화의 통로를 만들어 놓았다. 이어서 마지막으로 준비한 진짜 선물을 내놓았다.

"우리는 이제 정말 가족이 되었습니다. 이번 여름에 여러분의 지도자 케네디 장군을 한국에 초청하고 싶습니다. 장군은 전쟁 중 눈에 입은 부상으로 갈수록 시력이 나빠지고 있습니다. 이번에 방문할 때 치료를 받을 수 있도록 돕고 싶습니다."

그 말에 모든 지도자들이 웅성거리기 시작했다.

"정말입니까? 어떻게 그런 놀라운 선물을……."

사람들이 더 이상 말을 잇지 못했다. 여성들은 울먹이기까지 했다. 한 여성 지도자가 말했다.

"케네디 장군을 초청하는 것은 우리 부족 전체를 초청하는 것입니다! 정말 고맙습니다."

그해 8월, 케네디 장군과 프란시스 국회의원 그리고 스테판이 한국에 왔다. 이들은 팀앤팀 여름 가족 수련회에 참석하면서 3주 동안 한국에 머물렀다. 케네디 장군은 실로암안과병원에서 정밀 검사를 하고 치료를 받을 수 있었다. 세 사람은 울산 현대자동차와 포항제철, 원자력발전소 들을 견학하면서 벌린 입을 다물 줄 몰랐다.

귀환, 그리고 또 다른 준비

마침내 1차로 출발하는 팀이 떠나는 날이 되었다. 특별히 장윤호 팀장이 떠나는 모습을 보려고 그동안 생사고락을 함께한 청년들과 마을 주민 모두 공항으로 나왔다. 차마 장 팀장을 떠나보내지 못하는 청년들로 활주로는 눈물바다가 되었다. 내년에 다시 돌아온다는 약속을 남기고 우리는 간신히 청년들과 헤어져 비행기에 올랐다. 많이 아쉬웠지만 그간의 수많은 추억을 뒤로한 채 카라반은 보마 활주로를 힘차게 날아올랐다.

이제 보마에는 조항권 대원을 비롯해 김두식, 김도형, 박정원, 그리고 오당가 대원이 남았다. 이들은 앞으로 한 달 동안 5km 파이프 매설 공사와 급수 탱크 설치 공사를 마무리하게 될 것이다.

나이로비에 돌아온 나는 새로운 '꿈'을 위해 즉시 또 다른 준비를 시작했다. 가장 먼저 남수단의 수도 주바를 방문해서 유니세프와 어떻게 협력할지 의논했다. 유니세프는 고장 난 펌프를 고치고 관정을 세척하는 일에 깊은 관심을 보이며 사업 제안서를 요구했다. 나는 날마다 유니세프 사무실로 출근해서 그들이 요구하는 서류들을 만들었다. 그리고 바로 하르툼에 있는 한국 대사관을 찾아가 대사님에게 보마에서 진행한 모든 사업에 대해 보고를 드렸다.

그즈음 보마에서 긴급 연락이 왔다. 김도형 대원이 말라리아로 메를린병원에 입원했는데 상태가 심각하단다. 음식을 전혀 먹지 못하고 토하기만 해서 체중이 거의 10kg이나 빠졌다고 했다. 급하게 나이로비로 후송된 도형은 뼈만 남아 있어서 살아 있는 사람이라고 할 수 없을 지경이었다. 간신히 말라리아는 치료되었지만 위장이 제대로 기능을 하지 못하는 상태였다. 목숨을 걸고 남을 돕는다는 것이 무엇인지, 팀원들은 삶으로 체험하고 있었다. 내 목숨을 희생하지 않고 다른 사람의 생명을 살려 낼 수는 없는 것이다.

나이로비대학병원에 입원한 도형은 빠르게 회복되었다. 뼈만 앙상하게 남았던 얼굴이 예전의 귀공자 모습으로 서서히 회복되어 갔다. 음식을 다시 먹기 시작하자 보마로 돌아가야 한다며 고집을 부리기 시작했다. 이미 케냐 기술자를 구해 놓았지만 도형의 고집을 꺾을 수 없었다. 겨우 두 주만 쉬고 도형은 다시 보마로 돌아가서 남은 파이프 매설 공사를 마무리했다.

드디어 계곡의 샘물이 이티 마을 활주로 주변에 설치해 놓은 급수 탱크로 들어오기 시작했다. 건기에는 물 한 방울도 쉽게 구할 수 없는 곳이었는데, 이제 마을 어린이들이 건기에도 철철 넘치는 물로 목욕할 수 있게 되었다. 기적이 아닐 수 없다. 우기가 시작되면 계곡의 넘치는 물이 파이프를 통해 온 마을에 공급될 것이다. 하루 수백 톤의 물이 아무런 어려움 없이 마을 주민들에게 공급된다는 사실을 상상만 해도 흥분이 되었다.

어느덧 3월 중순이 되었다. 매일 밤 보마에 비가 내리기 시작

했다. 본격적인 우기가 가까이 오고 있다는 징조다. 하루 빨리 일을 마무리하고 마지막 팀이 철수해야 한다. 며칠만 늦어도 도로가 물에 잠겨 다음 건기가 시작되는 12월 중순까지 프라도는 나올 수 없다.

9장

우리는 멈추지 않는다

못 돌아오면 제명이야!

2006년 3월 24일, 마침내 마지막 남은 네 명의 대원이 보마를 떠났다. 우리는 프라도가 보마를 떠났다는 소식에 비로소 마음을 놓았다. 프라도에는 김도형, 박정원, 이영규 그리고 오당가가 타고 있다. 아마 나흘 뒤면 나이로비에 도착할 수 있을 것이다.

오후 6시쯤 어둠이 깔리기 시작했는데, 위성전화가 울리기 시작했다. 번호를 보니 아침에 보마를 떠난 프라도 팀이다. 팀앤팀 규칙에 따르면 이동 중인 차량은 특별한 일이 없어도 본부에 주기적으로 보고하도록 되어 있다.

"나이로비 사무실입니다. 잘들 오고 있겠지요?"

"문제가 생겼습니다. 자동차 클러치판이 닳아서 차가 멈춰 버렸습니다."

클러치판이 닳아 버리면 엔진의 동력이 바퀴에 전달될 수가 없다. 엔진은 정상적으로 작동하지만 바퀴가 돌지 않는 상태다.

"현재 위치가 정확하게 어딥니까?"

"보마 기점으로 160km 지점입니다. 국경까지 160~170km 정도 남았습니다."

거의 절반쯤 와서 사고가 났다.

"그곳까지 오는 도중 다른 자동차를 본 적은 있습니까?"

"구론 평화마을에서 트럭 한 대를 보긴 했는데, 이쪽으로 나올 계획이 있는지는 확인하지 못했습니다."

보마에서 국경까지 200km 정도는 외길이다. 오는 도중 우리 일행이 추월한 자동차가 없었다면 이 길에서 우리를 도와줄 차량은 없다는 이야기다. 만약 평화마을에서 만난 트럭이 우리 일행 뒤에 오고 있다면 위기에서 구해 줄 유일한 차량이 될 것이다. 최전방에서 결코 일어나서는 안 될 심각한 일이 벌어졌다. 자동차는 우리에게 전쟁터를 달리는 탱크나 비행기와도 같다. 오지에서 자동차가 고장 나는 것은 대원들의 생명과 직결된다. 프라도는 보마로 들어가기 전에 나이로비 공장에서 전반적으로 정비를 받았고 특히 클러치판은 새것으로 교환했다.

하지만 산에서 공사하면서 반 클러치를 많이 쓸 수밖에 없었고, 이번에 나오는 길에도 물에 잠긴 곳이 많아서 사륜구동으로 반 클러치를 쓰며 왔다고 했다. 사고가 나기 10km 전부터 자동차에서 타는 냄새가 계속 났다는 것을 보니 클러치판이 완전히 망가진 것이 틀림없다.

"알아서 해결해. 못 돌아오면 팀앤팀에서 제명이야!"

나는 정원에게 웃으며, 그러나 진지하게 말했다. 그러자 정원도 웃으며 역시 의연하게 대답했다.

"네, 염려 마십시오. 무슨 일이 있어도 이곳에서 해결하겠습니다."

"모두 살아서 돌아와!"

이미 우기가 시작되어 도로가 잠기기 시작했다는 보고를 받으며 서둘러 떠난 길이었다. 다른 자동차들은 다 철수했고 프라도가 마지막으로 떠났는데, 사고가 났다. 말라리아로 공사가 2주 정도 늦어진 게 결국 화근이 되고 말았다.

이제 방법은 두 가지밖에 없다.

- 구론 평화마을 트럭이 나오면서 예인해 주는 방법
- 나이로비에서 기술자가 부품을 가지고 들어가 해결하는 방법

곧바로 나이로비에서 쌍용자동차 정비 공장을 하고 있는 윤 사장에게 전화했다.

"기술자 한 사람과 클러치 패드 부품을 준비해 주실 수 있을 까요?"

"네, 가능합니다. 언제 떠나야 합니까?"

"내일 아침 떠날 수 있으면 좋겠습니다. 그런데 수단 국경을 넘어야 해서 기술자가 여권을 가지고 있어야 합니다."

"일단 오늘은 모두 퇴근했습니다. 내일 아침에 연락드리겠습니다."

부탁은 했지만 걱정이 되었다. 케냐 사람은 대부분 여권이 없다. 일반 자동차 수리 공장에서 일하는 직공 가운데 여권을 가지고 있는 사람은 거의 없다고 봐야 한다.

로키초교에 있는 고프리에게도 전화했다.

"고프리, 잘 지내나?"

"네, 여전히 바쁘게 지내고 있어요. 보마 일은 잘 정리되었나요? 이미 우기가 오고 있어서 모든 차량들이 수단에서 철수를 하고 있네요."

"문제가 생겼네. 우리 프라도가 보마 기점 160~170km 지점에서 클러치판이 타 버렸어. 내일 부품과 기술자를 비행기로 보낼 테니, 로키초교에서 랜드크루저 한 대만 준비해 주게. 들어

가서 직접 수리를 해야 할 것 같네."

"공교롭게도 토포사 부족 영역이군요. 알겠습니다. 바로 알아

보겠습니다."

30분밖에 지나지 않았는데, 고프리에게서 전화가 왔다.

"자동차는 준비되었습니다. 나이로비에서 준비가 끝나면 언제

든지 연락 주십시오."

"알았네, 비상 대기 부탁하네."

토포사 부족 가까이에

맙소사! 사고 지점이 가장 난폭하다는 토포사 부족들의 본거

지라니……. 지난번 JAM 트럭이 혼자 남아 있던 지역도 바로

이 지역이었다. 그때 보마에 짐을 내리고 돌아 나가는 트럭 편

에 교환할 타이어를 보내 주었다. 그런데 돌아온 JAM 트럭은

천막부터 백미러까지 손으로 떼 갈 수 있는 모든 것이 사라진

앙상한 몰골이었다. 다행히 운전기사는 다치지 않았다. 하지

만 먹을 물을 구하기 위해 가까이 있는 강에만 잠깐 갔다 오면

하나씩 뜯겨 나가서 결국 이 모양이 되었다고 울상을 지으며

말했다. 그때 몸이 성한 것만으로도 감사하자며 사례했던 기

억이 아직도 생생하다.

다시 프라도에 위성전화를 걸었다.

"먹을 것은 얼마나 남았나? 물은 충분한가?"

"고추장 한 통, 라면 한 봉지, 김 한 봉지, 물 한 통, 파인애플 통조림 하나 그리고 볼펜 네 자루가 전부입니다."

한심한 상황이다. 지난 넉 달 동안 다 먹고, 남은 것이 거의 없는 상황에서 떠난 것 같았다. 일단 다음 날 아침까지는 무사히 견딜 수 있어야 한다. 이튿날 아침이 되자 쌍용자동차 윤 사장한테서 전화가 왔다.

"부품은 준비했는데, 여권을 가진 정비사가 없습니다. 여권을 준비하는 데 한 달 넘게 필요한데, 난감한 일이네요."

"한 달이요?"

여권을 준비하려면 고향으로 가서 출생신고서부터 만들어야 한다. 왜냐하면 아프리카 사람들 대부분은 출생증명서가 없다. 증인을 찾고 법석을 떨며 신청해도 도대체 언제 나올지 예측할 수 없다.

다시 고프리에게 전화했다.

"이곳 기술자가 여권이 없다고 하네. 부품을 보내 줄 테니 일단 여권을 가지고 있는 정비사를 찾아 줄 수 있겠나?"

"알겠습니다. 너무 염려 마십시오. 그런데 오늘은 어려울 것 같네요. 하루만 더 시간을 주시면 찾을 수 있을 것 같습니다."

"하루만 더……."

고프리는 어떠한 상황에서도 긍정적으로 생각하는 친구여서 내가 늘 신뢰한다. 언제나 자신감 있고 당당하게 정면으로 상황을 돌파한다.

다시 프라도에 전화를 했다. 별일 없이 밤을 보냈는지 궁금하다. 정원이 전화를 받았다. 그러자 내 옆에 있던 부인 해령이 전화를 바꾸어 달라고 했다.

"오빠, 생일 축하해! 그리고 살아서 잘 돌아와."

하필 오늘이 정원이 생일이다. 일단 여권을 가지고 있는 정비사를 찾고 있다며, 하루만 더 고생하라고 격려해 주었다.

오후 6시쯤, 다시 프라도에서 전화가 왔다.

"구론에서 만났던 트럭이 나타났어요. 우리를 끌어 주기로 했습니다."

정말 감사한 일이 아닐 수 없다.

"이 트럭도 뒤 타이어에 평형을 잡아 주는 축이 부러진 상태입니다. 마치 뒤뚱거리며 걷는 사람 같아서 불안하지만, 망설임 없이 우리를 끌어 주기로 했어요."

오지에서 일하는 사람들은 어려움에 처한 사람을 그냥 지나치는 법이 없다. 그냥 두면 죽을 것이 뻔하기 때문이다. 무엇보다도 자신도 언제 그런 처지가 될지 알 수 없기 때문이기도 하다. 어쨌든 움직이기 시작했으니 다행이다. 우리는 나이로비에서 수리할 부품을 준비해서 로키초교의 고프리에게 보냈다. 프라도가 로키초교에 오는 대로 바로 수리할 수 있도록 정비 공장도 알아봐 달라고 부탁했다.

프라도는 트럭에 끌려 수렁이 된 진창길을 겨우겨우 빠져나왔다. 오는 길에 역시 진흙탕에 빠져 고생하는 트럭 여러 대를 만나 함께 빠져나왔다. 한 대라도 빠지면 뒤에 오는 차량이 지나갈 수가 없다. 그래서 모든 차량이 힘을 합쳐 꺼내 주어야 했고, 이렇게 서로 끌고 당기며 함께 움직인 트럭이 열 대가 넘었다. 정상적으로 오면 반나절이면 충분하다. 그런데 온갖 고생을 하다 보니 사흘이나 걸려서 겨우 국경에 도착했다.

"많이들 걱정하셨죠? 드디어 나루스에 도착했습니다. 내일 아침 나다팔 국경을 통과하면 오전 중에 로키초교로 들어갈 수 있을 것 같습니다."

언제 들어도 밝고 경쾌한 정원의 목소리에, 나이로비 사무실 사람들은 만세를 불렀다. 로키초교에 도착하면 고프리가 수리를 도와줄 것이다.

Never Stop! Never Die!

우리 팀은 두 해 전에 투르카나로 올라가는 길에 무장 강도를 만난 적이 있다.

케냐 친구 키늉아와 나는 숲속으로 끌려 들어가고 있었고, 김두식 김택균 대원은 강도들이 쏜 총에 차례로 쓰러졌다. 간신히 탈출한 나는 부상당한 대원들을 병원으로 긴급 후송한 후, 남은 팀을 추슬러 계속 전진하려고 했다. 그런데 키늉아가 끌려가면서 구타를 당해 어깨를 다쳐 운전이 어려웠다. 철수할 수밖에 없었다.

나이로비로 돌아온 우리는 남은 팀을 재정비해서 사흘 뒤 다시 같은 길로 올라갔다. 그때 서울 사무실 김대동 사원한테서 전화가 왔다.

"형님, 상황이 어떠세요?"

"급하게 떠나느라 서울에 연락을 못 했구나. 지금 투르카나로 다시 올라가는 길이다."

"아니, 어떻게 다시 가신단 말입니까? 머리 상처도 다 아물지 않았을 텐데……."

"주민들이 기다리고 있어서 안 갈 수가 없어! 'Never Stop!'이야."

지독하다는 소리를 듣고 싶지 않아서 웃자고 한 말이었다. 그러자 그가 즉시 대답했다.

"네, 형님. 'Never Die!'입니다!"

그 후 우리 팀앤팀 공동체에 또 다른 구호가 하나 추가되었다.
"Never Stop! Never Die!"
그렇다. 고난당하는 지구촌 이웃을 향한 우리 발걸음은 멈추지 않을 것이고, 그런 정신 역시 결코 죽지 않을 것이다.

그들이 없으면 우리도 없다

마침내 프라도가 나이로비에 도착했다. 길고 긴 보마 프로젝트가 이제야 끝났다. 참으로 멀고도 험한 길을 달려왔다. 고비마다 생명을 건 사투를 해야 했다. 어떤 한 개인의 힘이 아니라 모든 팀원들이 하나가 된 공동체의 힘으로 사업을 이루어 냈다.
팀앤팀만의 힘이 아니라 여러 단체들이 조건 없이 연대해 준 힘이었다. 이번 일을 위해 우리와 함께 협력한 단체들을 소개한다.

PRDA Presbyterian Relief & Development Agency

Aim Air Africa Inland Mission Air

MAF Mission Aviation Fellowship

AMREF The African Medical and Research Foundation

IAS International Aid Service

DongBu Methodist Church 동부감리교회

Dochang Methodist Church 도창감리교회

TaeYoung Kikong 태영기공

World Cross

YWAM East Africa

KOICA Korea International Cooperation Agency

Food for the Hungry

SRRC The Sudan Relief and Rehabilitation Commission

그리고 팀앤팀을 후원하는 수천 명의 소중한 친구들이 있다.

연대는 더 효과적인 결과를 얻기 위해 선택하는 것이 아니다.

우주 만물은 서로를 섬기는 연대 속에 공존한다.

연대를 원치 않는 마음은

함께 살아가는 '생명'의 자리가 아니라 '죽음'의 자리다.

마치 우리 몸속의 세포들이 공존을 거부할 때,

생명이 끝나는 것과 같다.

암세포는 생명의 공존을 거부하는 세포 집단이다.

암세포는 자신이 머물고 있는 육신의 생명을 빼앗아 가지만,

결국 자신도 죽고 만다.

연대를 사모하는 마음은 만물을 품는 조물주의 부모와 같은

마음이다.

실패를 경험할 수도 있지만 본질적으로 잃어버리는 것은 없다.

연대하고자 하는 마음, 그 자체가 온전하기 때문이다.

Father Lee! 파달 리!

보마의 메를린병원에 위성전화를 걸었다. 떠나는 우리 팀을 위해 마지막까지 수고해 준 길마에게 고마움을 전하고 싶었다. 길마는 앞으로도 산토를 감독하며 우리 캠프를 8개월 동안 보살펴 줄 소중한 가족이다.

"길마, Father Lee입니다."

언제부터인지 아프리카 친구들은 나를 'Father Lee'라고 부른다. 한국 이름은 아무리 가르쳐 주어도 어려워서 기억하지 못한다. 발음도 순전히 아프리카식으로 '파달 리!'라고 한다. "Father"는 아버지이기도 하지만 가톨릭 신부에게도 붙이는 칭호다. 정확하게 표현하면 '이 신부님!'이라고 부르는 것이다. 이들은 내가 가톨릭 사제가 아니란 걸 알면서도 이렇게 불렀다.

초창기에 우리 팀은 소말리아와 국경이 맞닿아 있는 가리사에서 몇 년 동안 유니세프와 연합 사역을 했다. 케냐 정부가 가리사 주민들을 위해 부탁한 지하수 개발 사업이었다. 이때 유니세프는 물자를, 팀앤팀은 장비를, 케냐 정부는 인력을 지원했다.

가리사는 나이로비에서 자동차로 여섯 시간 떨어진 인구 10만 명의 도시로, 케냐 동북부의 중심지다. 그때 두식 대원과 나는 가리사와 나이로비를 오가며 열심히 일하고 있었다. 어느 날 나이로비를 떠난 우리는 한밤중에 가리사에 도착했는데 잠잘 곳을 찾을 수 없었다. 공교롭게도 지역 원로 집안의 혼사로, 케냐 전역에서 하객들이 몰려왔기 때문이라고 했다. 우리는 경비가 허술한 곳에서 잠을 잘 수가 없다. 트럭 적재함에 실려 있는 장비 때문이다. 대부분 고가라서 분실할 위험이 높다. 밤 12까지 숙소를 찾아 헤매다가 마지막으로 가리사 성당을 찾아갔다. 숙소가 없는 오지에서는 늘 성당을 찾았다. 가톨릭 성당은 언제 어떤 모습으로 찾아가도 신분을 묻지 않고 환영해 주었기 때문이다. 가리사 성당에 갔더니 정문에 총을 든 무장 경찰 두 명이 나타났다.

"잠잘 곳을 찾고 있습니다. 담당 신부님을 만나게 해 주십시오. 우리는 지하수를 개발하는 구호단체 요원들입니다."

잠시 뒤 백인 한 사람이 나왔는데 우리 사정 이야기를 다 듣고는 문을 열어 주었다.

"제레미 수사입니다. 고생이 많으시군요."

다음 날 아침, 자동차와 장비를 점검하기 위해 밖으로 나왔는데, 마침 우리 장비를 유심히 보고 있던 제레미 수사가 궁금한 듯 물었다.

"지하수 굴착 장비가 맞습니까?"

"네, 그렇습니다."

"참 잘 만났습니다. 저는 이곳 동북부 교구의 수자원을 담당하고 있습니다. 오랫동안 교구에 펌프를 설치해 오고 있는데, 장비가 없어서 고생하고 있습니다. 삽으로 굴착하는데 20m 이상 깊이 들어갈 수가 없습니다. 이 장비로는 30~40m를 굴착하는 데 며칠이나 걸립니까?"

"하루면 충분합니다. 암반이 없다면 반나절에도 끝날 수 있습니다."

그 말에, 지중해 몰타에서 왔다는 제레미 수사가 믿을 수 없다는 표정으로 쳐다보았다.

"손으로 20m를 파는 데 3개월이 걸립니다. 저희들을 도와주실 수 있습니까?"

"물론이지요. 유니세프와 하고 있는 협력 사업이 끝나면 바로 도와 드리겠습니다."

"비용은 얼마나 드는지요?"

"작업할 때 필요한 연료와 물자만 공급해 주시면 됩니다. 저희는 돈 받고 일하지 않습니다."

그 뒤 가리사 성당이 우리의 새로운 현장 캠프가 되었다. 제레미 수사는 아예 2층 건물 한 동을 쓸 수 있도록 열쇠를 우리에게 맡겼다. 우리는 유니세프와 케냐 수자원부를 도와 관정 네

개를 개발했는데, 세 개는 각각 하루 700톤 이상의 식수를 주
민들에게 공급할 수 있는 대형 관정이었다.

마침내 유니세프와 하던 일을 마치고 수사님을 도와 여러 곳
에 펌프를 설치하기 시작했다. 하루는 성당에서 우리 일을 도
우라고 보낸 현지인 일꾼이 나를 불렀다.

"Father Lee!"

"······."

순간 나는 당황했다.

아마 그들 눈에는 내가 한국에서 온 신부님처럼 보인 것 같았
다. 성당 일을 돕고 있으니 그렇게 생각하는 것도 당연했다.

"저는 신부가 아닙니다. 그냥 Lee라고 부르십시오."

당황한 나는 얼른 고쳐 주었지만 다음 날에도 누군가가 똑같
이 불렀다.

"Father Lee!"

이번에도 '파달 리'였다.

몇 번이나 정정했지만, 어느새 모든 현지인들이 나를 "Father
Lee"로 부르고 있었다. 마음이 불편했지만 어떻게 할 방법이
없었다. 만나는 사람이 "Father Lee!"라고 부를 때마다 일일이
설명해야 했다.

"저는 가톨릭 신부가 아닙니다. 아프리카 친구들이 부르기 시

작했는데, 아무리 말려도 막을 수가 없네요. 그러나 딸이 하나
있는 진짜 아버지이긴 합니다."

이 세상의 아버지

그러던 어느 날 깊은 깨달음이 왔다.
무너지고 부서지는 이 세상에서 사람들이
애타게 찾고 있는 존재가 있다.
바로 참 아버지다.
생명의 위협과 굶주림만 가득한 험한 세상에서
눈물로 부르는 이름, 아버지!
누구도 채워 줄 수 없는 외로움과 슬픔을 담아
허공을 향해 부르는 이름이었다.
'파달 리'는 팀앤팀과 내가 이 땅에서 걸어가야 할 자리였다.

세상에 스승은 많지만, 참 아버지는 많지 않다.
스승은 존경받는 자리이지만
아버지는 섬기는 종의 자리이기 때문이다.
팀앤팀은 기꺼이 섬기는 종의 자리에 있고 싶어 하는

사람들의 공동체이다.

우리는 메마른 사람의 마음을 적시는 샘물이요,

하늘에서 내려오는 단비가 되고 싶다.

보이지 않지만 생명수를 공급하는 지하수처럼

팀앤팀은 그렇게 이 세상에 존재하고 싶다.

'파달 리'라는 호칭은 내게 꾸지람과도 같다.

부끄러운 내 삶을 뒤돌아보며,

나를 겸손하게 만든다.

그 호칭을 들을 때마다

성숙하지 못한 내 지난 삶을 뒤돌아보며,

스스로 채찍질하게 된다.

나를 아끼며 따르고 존경한 동료들의

기대처럼 살지 못했다.

때론 말로, 행동으로 상처도 주었고 실망시키기도 했다.

모두 나의 미성숙함과 어리석음이 빚은 어두운 열매들이다.

'파달 리!'라는 호칭이 아직은 나를 많이 부끄럽게 한다.

하지만 언젠가 세상을 떠날 때,

이 이름을 자랑스러워하며 마지막 인사를 하고 싶다.

"Thank you and Good Bye Father Lee! 파달 리!"

1999년 여름, 비행기 한 대가 아프리카 기니를 떠나 벨기에 브뤼셀 공항에 착륙했다. 그런데 그 비행기의 랜딩기어 속에서 얼어붙은 시신 두 구가 발견되었다. 샌들 차림의 야킨 코이타 (14세)와 포드 투르카나(15세)가 꼭 안은 채 죽어 있었다. 시신을 발견한 정비사들은 손에 꼭 쥐고 있던 편지를 발견하고는 눈물을 쏟았다. 이미 죽음을 예견하고 쓴 글이었다.

존경하는 유럽의 지도자 여러분.

여러분의 아름다운 대륙에 사랑을 호소하며 저희 둘의 험난한 여행의 목적을 말씀드립니다. 아프리카 어린이들은 너무나 힘든 고통을 겪고 있습니다. 전쟁과 가난, 전염병에 내몰려 먹을 것을 찾아 헤매고 있습니다. 학교 건물은 있어도 선생님과 교재가 없습니다.

여러분의 사랑을 저희에게 조금만 베풀어 주십시오. 아프리카 어린이들을 대신해 호소합니다. 우리 아프리카 대륙을 부디 되살려 주십시오. 혹시 저희들이 시체로 발견되거든, 우리가 겪고 있는 참상을 알리고 도움을 청하려는 절박한 마음을 널리 헤아려 주시기 바랍니다.

1999년 7월 29일
기니의 두 소년 씀

이들은 자신들의 죽음으로 온 세상에 이야기하고 싶어 했다. 이들은 우리의 아들이고 가족이며, 우리의 도움이 절실히 필요하다. 아직도 수억의 사람들이 전쟁과 질병, 굶주림과 물이 없어 죽어 가고 있다. 이들이 아버지가 되어 달라고 우리를 부르고 있다!

Never Stop

Never Die

멈출 수 없는 사람들

1판 1쇄 2020년 4월 13일

글쓴이 이용주 | **펴낸이** 조재은
편집부 김명옥 육수정 | **영업관리부** 조희정 정영주

펴낸곳 (주)양철북출판사
등록 2001년 11월 21일 제25100-2002-380호
주소 서울시 마포구 양화로8길 17-9
전화 02-335-6407 | **팩스** 0505-335-6408
전자우편 tindrum@tindrum.co.kr
ISBN 978-89-6372-312-9 03810 | 값 13,000원

편집 이혜숙 | **디자인** 김선미